「悪知恵」の逆襲

毒か？　薬か？
ラ・フォンテーヌの寓話

鹿島　茂
Kashima Shigeru

清流出版

まえがき

前作『「悪知恵」のすすめ　ラ・フォンテーヌの寓話に学ぶ処世訓』が意外に好評で版を重ねたため、『「悪知恵」の逆襲』というタイトルで続編が出版される運びとなった。前作と重ならないようにラ・フォンテーヌの『寓話』から含蓄を含んだものを選びだし、それを現在の日本の状況と絡み合わせて考察するという構成をとったが、しかし、基本となる姿勢は変わらない。

つまり、本書のコンセプトは、ラ・フォンテーヌに学んで「大人の思考」ができるようにすることである。

では、「大人の思考」とは何か？

それは、選択肢を前にして、何が自分にとって一番得かを自分の頭だけで徹底的に考え抜くことである。

目先の利益や、見せかけの親切、甘い言葉、儲け話に騙されてはいけない。論理的にしっかり考えて、真の意味での自己利益を追求せよということなのである。

この目的のためには、実際、ラ・フォンテーヌの『寓話』ほど役に立つものはない。なぜかといえば、ラ・フォンテーヌは、見栄やペテンや悪意や嫉妬やドーダ（「ドーダ、凄いだろう、参ったか」のドーダ）が跋扈《ばっこ》するルイ十四世の宮廷でサバイバルした人だからである。強力なコネも財力もない人間が人間関係の修羅場で、いかにして生き残るかという問題を深く考えたモラリスト（人性観察家）の一人なのである。

言い換えれば、ラ・フォンテーヌは、四方から押し寄せてくる「悪」に対抗し、これを返り撃ちするには「悪知恵」しかないという結論に達して、その教訓を寓話という喉越しのいい文学スタイルにまとめあげ、後世のために伝えたのである。ラ・フォンテーヌの『寓話』の発するメッセージが「損か得か、どんなときでも、よーく考えよう」という一語に要約されるのはそのためである。

しかし、それでも、わたしたちが性善説の支配する日本列島の中だけで暮らしているなら、さほど「悪」に襲いかかられる心配はないかもしれない。

だが、二十一世紀の日本は人口減少という自ら招いた災厄に立ち向かっていかなくてはならない宿命にある。そのためには、海外に進出して、利益の国内還流を図るほかない。そうなったら、必然的に、世界各国の逞しい「悪」の力と闘い抜く必要が生まれてくるだろう。

そのときに、「大人の思考」を身につけていない日本人がうまく闘えるだろうか？疑問である。

しかし、ラ・フォンテーヌの『寓話』を熟読含味していれば、勝てなくとも、なんとか負けずにすむことはできるだろう。

この意味で、『寓話』こそ、二十一世紀の日本人が「悪知恵」＝「大人の思考」を身につけるための最高のバイブルなのである。

本書がその一助となれば幸いである。

目次

第2章

第3章 「正義」「正論」というくせ者

第5章 「狡く」なければ生きていけない

挿画撮影　鹿島 直（株式会社ノエマ　NOEMA images）
ブックデザイン　中岡一貴（アトリエ・シーレ）

第1章

「騙す奴」より「騙される奴」のほうが悪い

❖ペストにかかった動物たち❖

あなたが偉い人間か、惨めな人間か、よーく考えてから行動しよう。

ペストは、天が下した罰である

「将軍はベッドで死ぬ」という西洋の格言がある。日本だったら、「ベッド」では

なく「畳の上」でということになるだろう。意味は明瞭で、将軍が兵士や将校に無謀な突撃を命じて大量の戦死者を出したとしても、将軍が戦場で死ぬことは少ないし、ましてや軍法会議にかけられて死刑になるということもない。自殺もしない。たいていは、余生をまっとうして「ベッド」や「畳の上」で死ぬのである。

ところで、この「将軍はベッドで死ぬ」という格言は、かならずしもその将軍が無責任ないしは卑怯者であることを意味しない。むしろ、「将軍は戦場で死にたくても、死ねないようになっている」というように、ピラミッド型組織の原理を語っているのだ。つまり、将軍が真っ先に駆けて突進すると主張しても、後の指揮はだれが執るのかという問題が起きるので、将軍は戦場では死ねない「ことになっている」のである。この「ことになっている」というのがミソである。つまり、ピラミッド型組織というのは制度的・原理的にトップを「戦場死」から守るようにできているということなのである。

ラ・フォンテーヌの『寓話』の「ペストにかかった動物たち」はこの問題の難しさと、そこから生じる皮肉な結果をえぐりだした残酷なお話である。

恐るべきペストが動物王国に襲いかかり、丈夫でいる者はほとんどいなくなった。オオカミやキツネという貪欲な動物さえ食欲を失い、ヒツジを襲ったりしなくなった。夫婦仲のよいキジバトも愛を語りあわなくなった。愛は消え、同時に喜びも消えたのである。

そこで、百獣の王たるライオンは会議を召集して、こう言った。

「親愛なる諸君、思うに、このペストはわれわれの罪過を罰するための天譴《てんけん》である。よって、われわれの中で、一番罪深い者が身を犠牲にして天の怒りを受けなければならない。そうすることによってのみ、万民の快癒が得られるのだ。このような未曾有の災厄にさいしては、そのような犠牲を払うべきだと歴史も教えているではないか？だから、われわれはみな、自らの良心に問いただしてみなければならない、罪過ありやなしやと。

わたしはと言えば、あくなき食欲に駆られて、罪なきヒツジたちを貪り食ったことを認めねばならない。ヒツジたちがわたしに貪り食われるような無礼なことをしただろうか？　何もしていない。ついでに告白するが、わたしはヒツジばかりか、羊飼いも食べたことがある。よって、必要とあらば、わたしは率先してこの身を犠牲に捧げたいと思う。ところで、みなもまた、わたしと同じように、おのれの罪過を直視して、正直に告白すべきではなかろうか？　そして、その中の最も罪深い者が、完全なる正義に照らして自らを犠牲に捧げることが最も望ましいのではなかろうか？」

「陛下が愚かな動物を食べることが、罪過でしょうか？」

このライオンの宣言を受けて、キツネが発言した。

「陛下が御自らを責められたただいまのお言葉、陛下のこまやかなるお心遣いを示されておられるようで、深く感動いたしました。しかし、考えてみますに、ヒツジなどという愚かで取るに足らぬ動物を陛下が食されたことが果たして罪過となりましょうか？　わたしはおおいに疑問とせざるをえません。いなむしろ、彼らにとっては、陛下に食べられることこそが名誉となるのではないでしょうか？　また、羊飼いに至っては、動物たちを支配すべき正当な理由も権力もないのに、自分勝手にそう思っている輩でありますから、たとえどんな罰を受けたとしても、それは仕方ないことであります」

こんなふうにキツネが巧みな論理を使ってライオンを擁護すると、王にへつらうものたちは一斉に拍手喝采した。そして、同じ理由により、トラ、クマといった捕食獣たちの罪も深くは追及されなかった。身分の低い番犬に至るまで、同じ論理によって許され、全員、聖者扱いにされた。

やがて、こうした告白合戦の順番はどんどん下のほうに降りていって、ついにロバの番になった。

「わたしの罪をお話しいたします。はっきりとは覚えてはおりませんが、あれは神父様たちの牧場を通りかかったときのことだと思います。お腹があまりに減っていたのと、牧場の草があまりにやわらかそうなので、まるで悪魔に誘惑されたように、わたしの舌の広さくらいの草を食べてしまったんです。わたしにそんな権利はございませんのに！」

この言葉を聞いたとたん、動物たちは色めきたった。中で、多少とも学識のあるオオカミがみなを代表して一場の演説をこころみた。

「みなさん、天譴の原因となり、動物たちに災いをもたらした罪というものがいまや明らかになったではありませんか？　呪うべきこの動物、毛のすりきれた、かさかきの忌まわしいこの動物こそ、真っ先に犠牲となるべきではないでしょうか？」

弾劾は満場一致で採決され、ロバの罪は極刑に相当するという判決が出た。他人様の土地の草を無断で食べるとはなんたること。こんな忌まわしい犯罪を贖《あなが》うのは死のみ、というわけだ。

ロバは罪を告白した過ちを悟ったが、もう遅かった。

ラ・フォンテーヌの結論はこうである。

「あなたが偉い人間か、それとも惨めな人間か、そこのところをよーく考えてから行動しよう。あなたの偉さに応じて、白か黒か、判決が下るのだから」

トカゲの尻尾切りとよく言うが、切られるか切られないかは、尻尾のどのあたりに位置しているかによる。同じ尻尾でも、付け根のほうなら切られずにすむが、先っぽならだめだ。いずれにしても、トカゲの頭が切られることはない。

ピラミッド組織というのは、常に「末端からの補充」を大原則にしている。会長や社長が辞意を表明しても、かならず留意してくれる人間は現れるが、末端では「どうぞ」と言われるだけだし、ついでに他の人の罪も負いかぶせられる。間違っても、ロバのように罪を告白したりしないことである。

❖ネコとキツネ・サルとネコ❖

策がありすぎると、うまくいかない。策は、一つに絞るといい。

＊

都合よく人に利用される人間になってはならない。

「多くの策があるなら、この場はきみに任せよう」

わたしはネコ好きだが、ラ・フォンテーヌの『寓話』においてネコは概して狡賢《ずる》い動物として扱われている。もっとも、フランスでは狡賢いというのは決して悪いこと

ではなく、むしろ褒め言葉である場合が少なくない。つまり、フランスでは、騙す奴より騙される奴のほうが悪いという大原則があるので、狡賢い奴の裏をかくほどの悪知恵を持っている「最高に狡賢い奴」が「最終的に一番偉い」という結論になるのである。

したがって、多くの寓話は、狡賢い動物同士の悪知恵比べというかたちを取る。

「ネコとキツネ」はまさにその典型である。

ひとかどの信心家を装ったネコとキツネが一緒に巡礼の旅に出た。二匹は、争うように、たくさんの家禽を襲い、たくさんのチーズをかじって路銀の助けとした。

しかし、道中は長かったので、歩いているうちにすっかり退屈してしまい、退屈しのぎに口げんかを始めた。口げんかは脳の働きを活発にし、眠気を晴らしてくれるからだ。

やがて、口げんかの種も尽きたので、話題は自慢話に移った。

「きみはなかなかやり手だそうだね」とキツネが言った。

「しかし、ぼくと同じくらいいろいろな策略を知っているかな？　なにしろ、ぼくの知恵袋には百もの策略が詰まっているからね」

「ヘエー、そうなのかい。そりゃすごいね」とネコが答えた。「ぼくの知恵袋にはたった一つの策略があるだけだよ。しかしだね、その策略というのは、千の策略に勝るものなんだよ」

これがきっかけで、二匹はまた口げんかを始めた。ああでもない、こうでもないと、盛んにやりあっていたが、そこに一匹の獰猛な猟犬が現れたので、二匹は顔を見合わせた。ネコがキツネに言った。

「きみは知恵袋の中に千の策略があるんだから、この場に一番ぴったりくる戦術を探してみろよ。ぼくのほうは、一つしかないから、それを使うよ」

そう言うが早いか、ネコはさっさと木にのぼり、高みの見物を決め込んだ。

一方、地面に取り残されたキツネはあれこれと逃亡の手段を講じ、穴に隠れたり、あちこちと安全な場所を探したが、穴にこもっているとき、煙のあぶり出しに遭い、また短足のダックスフントがもぐりこんできたため、たまらず穴から脱出したが、そのとたん足の速い二匹の犬に飛びかかられて殺されてしまった。

ラ・フォンテーヌの結論は次のようなものである。

「策がありすぎると、うまくいかないことがある。どれにしたらいいか選択に手間取り、あれこれ試しているうちに、おしまいになってしまうのだ。だから、策は一つだけにしろ。一番確実なものに」

さて、この寓話の教訓、意外に役立つものではないだろうか?

たとえば、街中で、ささいなことから口論となり、すわ、取っ組み合いのけんかかというとき、一番いけないのは積極的にけんかを買って出ることである。下手に格闘技の心得などあると、相手をぶちのめしてしまい、傷害ないしは傷害致死で逮捕ということになりかねない。

逆に、腕っ節が強くもないのに妙にいきがってパンチをふるったりすると、簡単にのされてしまい、大ケガを負って入院、あるいはそのまま死亡ということもありうる。やはり一番賢いのは逃げの一手である。これなら、自分が傷つくこともないし、相手を傷つけることもない。日本には、「三十六計逃げるに如かず」ということわざがあるが、これは中国の兵法書『南斉書』に、兵法三十六の計略の中で、逃げるべきときは逃げるのが最上の策とあり、要するにひたすら逃げるのがベストということで、ラ・フォンテーヌ先生の教えとピタリと一致する。

つまり状況が圧倒的に不利な場合は、どうやって戦うかを考えるよりも戦わないという選択が最上ということなのである。しかし、日本人はどうもこの戦略が苦手であり、美学にも反するとしてあまり採用されないが、欧米ではしばしばこれが使われる。

たとえば、伝説のビッグ・ファイトとなった、一九七四年にザイールのキンサシャで行われたＷＢＡ・ＷＢＣ世界ヘビー級タイトルマッチ「ジョージ・フォアマンＶＳモハメッド・アリ」戦。アリは猛攻撃を繰り返すフォアマンのパンチを長い両腕でブロックし、一方的に打たれまくっていたが、フォアマンの疲れが見えた第八ラウンドに一気に攻勢に出てフォアマンをノックアウトしてしまった。試合途中、アリが防戦一方なのに腹を立てたファンが猛烈にブーイングを送ったが、アリはほとんどパンチを繰り出さず、ひたすら、相手が疲れるのを待つという持久戦術に出たのである。

日本人だったら、絶対にこうした戦法を取ることはできないだろう。たとえ、勝てないとわかっていても果敢に戦いを挑んでＫＯされるほうを選ぶだろうし、ファンもそれで納得する。

この「必敗の美学」は太平洋戦争でも東条英機首相によって採用され、日本は一億玉砕の瀬戸際まで行ってしまったのである。ハル・ノートを丸呑みして、一時的にでも中国から撤退し、当面は対英米戦争を回避するという「逃げ」の一手はどうしても打てなかったのである。日本人は「逃げる」というネコの知恵こそ学ぶべきなのである。

「ベルトランになるもラトンになる勿《なか》れ」とは……？

「ネコとキツネ」ではキツネに一杯食わせたネコだが、「サルとネコ」の寓話ではサルの悪知恵にまんまとしてやられている。

ベルトランというサルとラトンというネコが同じ家に住み、同じ主人に仕えていた。どちらも、ひどく狡賢い連中で、ありとあらゆる悪さを働いていたが、尻尾をつかまれるようなドジは犯さなかった。ベルトランはなんでも盗み、ラトンはネズミよりもチーズを狙っていた。

ある日、ベルトランとラトンは、暖炉の中で栗が焼けるのを眺めていた。二匹とも、なんとかこれを失敬してやろうと、虎視眈々と目を光らせていたが、そのうちにベルトランがラトンに言った。

「ねえ、兄弟、今日こそ、きみの腕の見せ所だ。きみの《招き手》はこの仕事にお誂《あつら》え向きにできている。その栗を引き寄せてみてくれないか」

この言葉に気をよくしたラトンが、《招き手》で熱い灰をかきわけながら栗を一つ、二つ、三つと手繰り寄せると、ベルトランは片端からそれをかじってしまう。

そこに女中が現れたので、ベルトランとラトンは大慌てで逃げだしたが、ラトンは結局、一つも栗を口にすることができず、おおいに不満だったという。

最後にラ・フォンテーヌが書き加えた教訓は、きわめて大胆なものだった。
「どこかの国の王様に得をさせるために、いろいろな国に出掛けては、ネコと同じように手に火傷を負っている王侯の方々がいらっしゃるが、彼らもネコと同じようにおおいに不満だろう」

これは、ルイ十四世の命令でスペイン領だったフランドルやフランシュ・コンテに出陣したコンデ公やオルレアン公のことを指している。つまり、ルイ十四世の政治に対する正面からの批判だが、ルイ十四世は寛大にも『寓話』の出版を差し止めることはなかった。それどころか、ヴェルサイユ宮の造営に当たっては、宮殿の一画をラ・フォンテーヌの『寓話』に捧げている。まことに寛大な君主というほかはない。

ところで、この「サルとネコ」はベルトランとラトンという固有名詞が使われていたせいか、たいへん人口に膾炙《かいしゃ》し、ラトンとは悪事において損な役回りをさせられる者の代名詞、ベルトランとは間抜けな悪党を巧みに使って儲けを独り占めするよりクレバーな悪党の代名詞にそれぞれ変化したが、普通の仏和辞典には、普通名詞化した固有名詞は立項されていないので、翻訳するとき、ラ・フォンテーヌの『寓話』を読んでいないと、なんのことだかわからないことがある。要注意である。

それはさておき、このラトンを巧く使うベルトランたらんとすることは、外交の本質であると理解されている。

たとえば、シリア空爆を巡るアメリカ、フランス、ロシアの駆け引きを見よ。それぞれが、他国をラトンに仕立てて、自分はベルトランになろうと狙っている。たとえ三国の同意が形成されても、「ベルトランになるもラトンになる勿れ」が大原則なので、結束は怪しいものである。

ところで、世界には、外交とはラトンとベルトランの駆け引きにすぎないことを知らない国が一つだけある。言うまでもなく日本である。TPPにしろ、対中国包囲網にしろ、日本をラトンにして自分はベルトランになろうとしているアメリカの真意がさっぱり見抜けないらしく、なんと、自分のほうから進んでラトンになろうと申し出たりする。信じられない愚かさだが、日本の首相はどうやら自分はベルトランだと信じ、アメリカをラトンにしたつもりでいるから、余計に救いがない。

そこにいくと、したたかなのが中国で、ラトンになりそうな国を鵜の目鷹の目で探している。韓国などはラトン候補の筆頭である。中国と韓国が同一歩調を取る場合、「ベルトラン中国」が「ラトン韓国」をうまく操って成果を独り占めしようと狙っているのだが、「ラトン韓国」はそれに気づきもしないようだ。韓国もまた外交の下手な国なのである。

と、このように、「ベルトランになるもラトンになる勿れ」は外交の第一原則なのだが、日本の外交官でこれを正しく理解している者が果たしているのだろうか？ 疑問である。

というわけで、最後に一つ提案をしよう。外交官の研修においては、ラ・フォンテーヌの『寓話』を小学生のころから暗唱させているフランスにならって、『寓話』を教科書として採用すべし。少なくとも、欧米人の頭の中の構造だけは理解できるはずなのだから。

❖二羽のオウムと王さまと王子❖

憎しみは決して
消えないが、
遠く離れていれば、
いつかは薄らぐ。
だが、寛容論は
説くは易く、行うは難《かた》い。

「離れていること、それが肝心」

最近、寛容論が盛んである。
アメリカのブッシュ政権が、九・一一の復讐を叫んでアフガニスタンに攻め込み、

ついで大量破壊兵器の製造を理由にイラクに侵攻したことが、結果的に中東のパワーバランスを崩して、イランとシリアを無国家状態にしてしまい、ＩＳをはじめとするテロ組織を増殖させたことへの反省があるからだ。すなわち、たとえ相手から手ひどい攻撃を受けたとしても、それをじっと我慢することが最終的には恒久的平和をもたらすというのである。

だが、こうした寛容論は本当に可能なのだろうか？

ラ・フォンテーヌの『寓話』の「二羽のオウムと王様と王子」はこの種の寛容論の難しさを教えてくれる。

王様と王子の暮らす宮殿に、これまた父と息子のオウムがいた。王様と王子は、自分たちと同じ関係にあるこの二羽のオウムをことのほか可愛がっていた。父親同士、息子同士、人間とオウムはとても仲がよかった。とくに王子と息子のオウムは一緒に育てられ、学校でも同じクラスだったので、強い友情で結ばれていた。

ところで、オウムが好きな王子は、オウムばかりか鳥一般も好きだったので、一羽のきれいなスズメも可愛がっていた。

ある日、王子のお気に入りスズメと息子のオウムが一緒に遊んでいるとき、幼いもの同士の間によく起こるように、つまらないことからけんかになった。オウムとスズメでは体の大きさが違うから、スズメはオウムの嘴《くちばし》でひどく傷つけられ、半殺しの目にあった。

それを知った王子は激怒して息子のオウムを殺してしまった。

知らせは父親オウムの耳に届いた。息子を亡くした父親オウムは、絶望して泣き叫び、怒りに駆られて、王子に襲いかかると、その鋭い嘴で王子の両目をえぐり取った。その後、すばやく現場から逃げ去り、高い松の木の頂を安住のすみかとし、この静かで安全な場所で復讐を果たした喜びをかみしめた。

王様はオウムの居場所を知ると、松の木の下に駆けつけて、こう言いながら、寛容論を説いた。

「友よ、わたしのところに戻ってきてはくれまいか。わたしたち二人はおおいに悲しんでいるが、しかし、それがなんの役に立つというのだ。憎しみ、復讐心、悲しみ、これらすべてを忘れたらどうだろう。たとえわたしの苦しみが大きいとしても、これだけははっきりと言わなければならない。間違いはこちらから起こったことだと。先に手を出したのはわたしの息子なのだ。わたしの息子が先に……。いや違う、運命が攻撃をしかけたのだ。こういう禍のために、わたしたちの息子の一人は命を失い、もう一人は失明してしまった。これもまた運命の女神が遠い昔からその書《ふみ》にしるしておいたことだろう。おたがいに諦めようではないか。さあ、鳥籠の中に戻っておいで」

ここで、父親オウムが王様の寛容論を容れて鳥籠に戻り、以後、仲よく暮らしたというのであれば、それはあまりに非現実的すぎる。

しかし、鳥籠に戻ったところ、ただちに殺されたとか、目には目をで、盲目にされたというのではあまりに現実的すぎる。

では、ラ・フォンテーヌは、ここでどんな解決策を提示したのだろうか？

父親オウムはこう答えたのである。

「王様、あれほどひどいことをいたしましたこのわたしに、あなた様の言葉が信じられるとお思いでしょうか？　王様は運命を持ち出されておりますが、偽りの言葉を餌にわたしを騙すおつもりでございましょう。しかし、もし摂理がこの世のことはすべて決めているというのでしたら、わたしがこの松の木のてっぺんにいても、あるいはどこか深い森の中に身をひそめて生涯を終えるにしても、それもまた天にしるされているはずです。復讐心というのは、神々のように生きています。復讐は王者の好むところです。わたしにはよくわかっているのです。王様は、このたびの傷害沙汰を不問に帰すとおっしゃいます。わたしもお言葉を信じたいと思います。しかし、それでもなお、わたしは最善の道を取り、王様の手と目を避けなければなりません。わたしの友であらせられる王様、お帰りください。何をおっしゃられても無駄なこと。巣に戻れなどと言わないでくださいまし」

続けて、父親オウムが言った次の言葉が、王様の寛容論に対する一つの回答である。

「離れていること、それが肝心。恋と戦う武器ともなり、憎しみを和らげる妙薬ともなる」

つまり、憎しみの連鎖というのは、寛容論が説くほど簡単には断ち切れないものであり、英語で言うところの、Out of sight, out of mind の伝で、遠く離れていることで、憎しみが消えないまでも薄らぐのを待つしか方法はないというのである。

これは一つの真理を語っている。

その逆説的な証明が、中国や韓国で盛んに行われている「反日教育」である。中国や韓国の為政者は、戦後、海を隔てた日本列島という「離れた」ところに日本人がひきこもったことに危機感を持った。なぜなら、離れていることは憎しみを和らげる妙薬となりうると知っていたからである。そこで、教育という、全国民を洗脳するための唯一の方法にすがって、「国民よ、日本への憎しみを忘れるな」を合言葉としたのだ。

いっぽう、日本人はというと、もともと忘れっぽく、憎しみを持続させることのできない民族なので、自分たちがアメリカへの憎しみを持続できなかったのと同じように、中国や韓国も日本への憎しみを持続できないと勝手に思い込んでいたのである。

遠く離れていれば憎しみは、決して消えはしないが、いつかは薄らぐ。これは、ラ・フォンテーヌの言うように一つの真理ではある。

しかし、真理だからといって、それが敵対しあった者同士に等しく認められるとは限らない。そうなっては困るとする党派がどちらかの国の政治の実権を握れば、「憎しみを忘れるな」が合言葉になるのもまた真理だからである。

ことほどさように、寛容論というのは、人間の本質が疑心暗鬼と恐怖と復讐心にある以上、説くは易く、行うは難し、なのである。

❖商人と貴族と羊飼と王子❖

金儲けの王道は、自然にあるタダのものを見つけ、付加価値を付けて商品にして、売ることだ。

労働契約書のサインは、掠め取られることへの同意

金儲けの方法というのは、基本的には、今も昔もそれほどには変わっていない。

第一は、マルクスの言う他人の労働の剰余価値を掠め取る方法である。つまり、他人を、本来、その人の労働の対価よりも安い報酬（価値）で雇い、その報酬（価値）の差額、つまり剰余価値を多くかきあつめて資本を大きくして回転させていくというもので、新入社員が会社に入って労働契約書にサインするということは、剰余価値を掠め取られてもかまいませんと同意することにほかならない。しかし、就活学生のだれ一人このことに気づいていない。

とりわけ、世に「価格破壊」と謳われている商品やサービスはすべてこの剰余価値のピンハネを過激化すること、つまり「より低賃金に、より長時間労働にすること」から生まれるのだから、「価格破壊」を謳うようなブラック企業には絶対に入ってはいけないのである。

『ナニワ金融道』で一世を風靡した故・青木雄二氏が、ビジネス雑誌で「就活学生にどんな企業に入ったらいいと勧めますか?」と問われて、「そりゃ、しっかりした労働組合がある会社にきまっとるがな」と答えていた。さすがに『資本論』を完読した青木氏ならではの答えであると感心した記憶がある。

もう一つの金儲けの方法とは、金で金を生む方法である。第一の剰余価値の掠め取り（＝資本家になること）が金儲けの王道だということはだれにもわかっている。しかし、この方法を採用するには、人を雇い、設備投資を行うだけの資本がすでになければならない。人を雇って剰余価値を掠め取ろうにも、その掠め取った剰余価値が実際の利益を生むまでに時間がかかるし、従業員に永遠に無給労働を強いることはできない。よって、剰余価値を差っ引いた安い賃金であっても、それを前払いするだけの資本があらかじめ必要とされるのである。

この時間差に目をつけたのが金貸しというものである。利息を取ってまとまった金を資本家に貸し、その利息を投資して次の利息を生みだすようにしているのである。しかし、これもまた、あらかじめまとまった資本が必要という点では第一の方法とそれほど変わらない、つまり、無一文、無一物のプロレタリアには不可能だということである。

しかし、純粋プロレタリアにとっても可能な金儲けの方法が一つだけある。それは「タダのものを、設備投資なしで売る」という第三の道である。これについて語ったのがラ・フォンテーヌの「商人と貴族と羊飼と王子」という寓話。

アメリカ大陸がまだインドと呼ばれていたころのこと。船が難破したのか、荒れ狂う波からかろうじて逃れた商人、貴族、羊飼い、それに王子の四人がとある泉のほとりに座って、どうやって飢えを凌げばいいか話しあった。

王子が流謫《るたく》の身の不幸を愚痴ったので、羊飼いが、過ぎたことを悔やんでもしかたがない、いまの困難にどう対処すべきかを考えるべきだと述べた。

「愚痴がその人を癒してくれるものでしょうか? それより、とりあえず働こう! それがぼくたちをローマへ導く道です」

他の三人ももっともしごくだと思い、それぞれ、ゼロから金を稼ぎだす方法を語りあった。商人は幸い算術の心得があったので、それを新大陸の人たちに一月いくらで教えればよいと言った。すると、王子が「それなら、わたしは政治学を教えよう」と言い、貴族がそれに続いて「なら、わたしは紋章学を教えよう。その学校を開きたいものだ」と抱負を述べた。

たしかに、人にものを教えるというのは無一物、無一文の人間に残された唯一の金儲けの方法かもしれない。というのも資本がなければ、どんな小商いでも売るべきものを仕入れることができないからだ。その点、人に何か教えて報酬を得ること、つまり教育は無資本でも可能な金儲けの方法ではある。もっとも、教えるべき知識が蓄積されているという点において資本蓄積の一形態であり、それ以前の段階で、教育投資という形で資本投下がなされていることを意味する。無から有を生むというわけではないのである。しかし、それはこのさい不問に付しておくことにしよう。

さて、教育で金儲けをするという三人の考えをじっと聞いていた羊飼いがおもむろに口を開いた。

「なるほど、みなさんはなかなかいいことをおっしゃいました。しかしですね、人にものを教えてお金を稼ぐというのは、教えたらその場ですぐに授業料がもらえるわけではないでしょう。普通、支払いは一か月とか一週間先ですよね。ところで一か月は三十日ありますし、一週間は七日あります。授業料が支払われるのは、早くて七日先、普通は三十日先です。しかし、わたしたちには今日食べるものがないんです。支払い日まで断食しているんですか？　みなさんが未来をバラ色に描くことはたしかに素晴らしいと思います。でも、金ができるのは遠い先です。それなのに、ぼくはいま腹がへっているんです。ぼくの今日の食事をだれが用意してくれるというんですか？　みなさんの授業料はそれにには間にあいません。しかたない、ぼくがなんとかしましょう」

そう言うと、羊飼いは入会地の森の中に入っていき、そこで薪をこしらえ、それを道端で売った。その売上のおかげで、その日とその翌日も、他の三人は断食の末にあの世に行かずにすんだ。

この寓話からラ・フォンテーヌが導き出した教訓は以下のとおりである。

「命をつなぐためにたいした技術はいらない。自然の恵みのありがたさよ。腕こそ一番確実で、一番早く助けになるもの」

無一文の男は湧水に砂糖を入れて売り、財閥を築きあげた

しかし、この教訓の後半部分だけを抜き出して、おのれのモットーとしてはいけない。なぜなら、それはおのれの肉体による労働しか売るべきものがないプロレタリアー

トが最後に訴える手段であって、最初からこの安易な方法に拠《よ》るべきではないのだ。教訓はむしろ「自然の恵みのありがたさよ」にある。つまり、自然の中にあるタダのものに労働によって多少の付加価値をつければ、それが商品となるということなのだ。

これは、実際、金儲けの王道中の王道である。たとえば、無一文、無一物から身を起こして浅野財閥を築きあげた浅野総一郎。彼は、夏の暑い盛りに、お茶の水の冷たい湧水（当然、タダ）に砂糖を少し入れてこれを一銭で通行人に売ることを思いつき、大儲けしたのである。

では、いったい、この現代にタダのものがあるだろうか？

ある、と言いたい。本である。本はいま「どうぞご自由にお持ちください」という張り紙をして人通りの多いところに置いておいても、だれも持っていかない「タダ」のものと化している。アマゾンでも「一円」の本は数多い。だから、タダの本を持ち帰り、そこに書いてあることを頭にためこめばタダで資本（知識）の蓄積ができるのである。ラ・フォンテーヌの羊飼いが現代の日本に蘇ったら、まず第一に本に目をつけるだろうことは間違いない。そうしたら、残りの三人もその本でより賢くなり、サバイバルがより容易になるはずなのである。その時代時代でタダのものを探せ。これが金儲けの最高の王道なのである。

第2章

「本能」が先か？
「知恵」が先か？

「お金」「不老不死」を人間は望むが、「知恵」こそ財産である。

三つだけ願いごとをかなえてあげる

御伽話の一つのパターンに、妖精や魔神が、人間の願いを三つまでかなえてくれる

が、その願いが実現したことで、その人はかえって不幸になるというのがある。ラ・フォンテーヌの『寓話』の「願いごと」は、まさにこうしたタイプの御伽話をベースにした教訓譚である。

モンゴルには、召使の代わりをつとめてくれる妖精がいたという。そんな妖精の一人がガンジス河の近くで裕福な市民の庭園の世話をしていた。黙々と働き、庭園を見事な状態に保って、主人夫妻を喜ばせていた。モンゴルにいた妖精がなぜインドのガンジス河のほとりにいるのか、ラ・フォンテーヌの地理感覚は非常にアバウトだったようだが、まあ妖精はどこにでも移動できるということなので目くじらは立てないようにしよう。

事実、その召使妖精は妖精国の王から配置転換を命じられ、ノルウェーの辺境に行くことになった。任地先のノルウェーに向かう前、妖精は主人夫妻の恩義に報いるために一週間に三つだけ願いごとをかなえてあげると言った。

当然、インド人の主人夫婦は、巨万の富を求めた。

たちまち、金庫には金が、倉には小麦が、カーヴにはワインが満ちあふれた。もちろん、インド人がワインを飲むか？　というツッコミはなしということにしておこう。

夫婦はこれらの財産管理に追われ、疲労困憊したが、それ以上に泥棒に狙われたり、殿様たちに借金の申し込みをされたり、王様に税金を掛けられたり、さんざんな思いをした。

そこで、夫婦は第二の願いを口にした。「こんな財産なんかみんな消してくれ」と。すると、たちまち、財産は消え、夫婦は元のほどよく幸福な状態に戻った。まだ、一番目の願いを口にしてから一週間たっていなかったのが幸いしたようだ。

妖精がいよいよ立ち去ろうというとき、夫婦は三つ目の願いを口にした。

「知恵をくれ」

ラ・フォンテーヌの教訓はこうである。

「知恵こそ少しも邪魔にならない財産である」

人間が望んでいい願いごとは……

さて、いかがだろう？　これは素晴らしくよくできた寓話ではなかろうか？

他の類似の御伽話では、妖精や魔神から三つの願いごとをプレゼントされた人は、三つまとめて口にするというパターンになっている。そして、その後の展開は、望外の願いがかなったことによってかえってその人が不幸になるという定石を踏む。

この寓話も途中まではそのパターンだが、作者のアレンジで、一週間というタイム・スパンが与えられたことで、妖精の主人夫婦は、願いの取り消しという第二の願いを口にすることができたからである。つまり、元に戻れたのである。

さて、問題は第三の願いという点だろう。

というのも、通例のパターンだったら、主人夫妻は「不老不死」を願うだろうから。そして、不老不死をプレゼントされたことにより、「金がありすぎて不幸になる」というのとはまた別の不幸、つまり「死ねない不幸」を抱え込むことになるのだ。

じつを言うと、日本はこの通例パターンを踏んでいる。

第二次世界大戦の敗北で、貧困のどん底にあった日本は、第一の願いである「富をくれ」を口にした。すると、どこに妖精がいたのか、その願いは三十年もしないうちにかなえられ、日本は世界一の金満国の一つとなった。

すると、当然、世界中の国々から妬みと恨みを買い、金満国の不幸を感じるようになる。と、突然、バブルが崩壊。富はほとんど消えた。

そこで、こんどは不老不死を願った。すると、少子高齢化というかたちで願いはかなえられたが、それによって、また別の不幸を抱え込むことになったのである。だから、本当ならば、バブル崩壊のときに、「知恵をくれ！」と願えばよかったのである。

それならば、まだ、社会の再設計は可能だったはずなのである。たとえば、地方の空洞化を防ぐにはどうすればいいか、とか、高齢者保険のありようを検討するとか、あるいは少子化に歯止めをかけるにはどのような方策があるのか、といった問題に対して二十年前にいちおうの答えを見つけることができたはずなのだ。

ところが、「知恵をくれ！」と叫ばなかったために、「富をくれ！」と言ったときと同じ低次元レベルの知恵しか持たないまま、「不老不死」を願ってしまったのである。

そう、「知恵をくれ」である。

人間が望んでいい願いごとは、まさにこれしかないのである。

❖星占い❖

悪い予言から逃れようとすると、かえって予言通りになってしまう。

父は、息子を屋敷の外に出さないことにしたのだが……

世に決定論というものがある。すなわち、宇宙には人間の自由意志ではどうにもな

らない定めがあり、すべてはあらかじめ決定されているから、人間が自由意志に基づく選択を行ったとしても、最終的には、決められたとおりにことが運んで、どうにもならない。日本語では、これを運命とか宿命と呼んでいる。

では、運命と宿命はどう違うのかというと、宿命には、次のような限定的な意味があるようだ。

「その環境から逃れようとしても逃れることができない、決定的な星のめぐりあわせ。(生まれつき)。宿運」(『新明解国語辞典』第五版　三省堂)

なるほど、宿命とは「決定的な星のめぐりあわせ。(生まれつき)」のことであったのか！　というわけで、この定義に基づきラ・フォンテーヌの『寓話』を探すと、「星占い」というそのものズバリの寓話があり、次のような言葉が掲げられていた。

「運命を避けようとして選んだ道の途中で、しばしば人は運命に出くわしてしまう」

なるほど、運命を避けようとして別の道を選んでも、その選択自体が運命によって定められているのだから、元に戻ってしまうということなのだ。では、どんな寓話をラ・フォンテーヌはたとえに持ち出しているのだろうか？

あるところに一人の父親がいた。一人息子をひどくかわいがり、将来どうなるかをどうしても知りたくなった。そこで、未来を予言するという星占いのところに出掛け、運命を占ってもらうことにした。

すると、星占いは、子供が二十歳になるまでライオンから遠ざけておくようにと命じた。この予言にひどく心動かされた父親は、かわいい息子がライオンに出会わないように用心し、屋敷の外に一歩も出さないことにした。その代わり、なんでも好きなことをしていいと言った。おかげで息子は友達と一日中跳びはね、走り回り、散歩することができたが、行動範囲は屋敷の敷地内に限られていた。

やがて、王侯貴族の若者なら狩猟をたしなむ年ごろとなったが、息子はあえて禁を犯そうとは思わなかった。幽閉の理由を教えられていたからだ。しかし、青春の血のたぎりは抑えがたく、狩猟の楽しみに思いを馳せ、ため息をついていた。

というのも、屋敷の壁には、父親が狩猟マニアだったためか、あるいは息子の願望をヴァーチャルに慰めるためか、壁紙も綴れ織りもほとんどすべてが狩猟の絵で占められており、あちこちに動物の絵が描かれていたが、当然、その中には一匹のライオンがいた。

あるとき、若者はそのライオンの絵を見ていらだち、「おまえのおかげで、ぼくは屋敷に閉じ込められ、鎖につながれているんだぞ」と怒鳴ると、激しい怒りに突き動かされて、その絵のライオンを力任せに拳骨で殴った。

若者はとたんに「ギャッ」と声を発した。ライオンの下には一本のクギが突き出ており、拳にそのクギが刺さったのだ。そして、結局、そのケガがもとで、哀れ、息子は命を落としてしまったのである。

宿命物語には、一つのパターンがある

こうした「その環境から逃れようとしても逃れることができない、決定的な星のめぐりあわせ」の寓話のもととなったのは、有名なオイディプス王の神話だろう。

テーバイの王ライオスは、生まれた息子の未来を占ってもらうためデルポイの神殿を訪れたところ「おまえの子供はおまえを殺し、おまえの妻との間に子をなすであろ

う」という神託を受けた。恐怖したライオスは、臣下に子を殺すように命じるが、臣下は赤ん坊を殺すに忍びなく山に捨てる。子供は隣国コリントスの王夫妻に拾われ、王子として育てられる。

成長したオイディプスは、王の実子ではないという噂を聞き、デルポイの神託を受けるが、ライオスに与えられたのと同じ神託を与えられ、父親を殺さぬためコリントスを離れることにする。

そのころ、テーバイではスピンクスという怪物が出現し、旅人に「生まれたときは四本足、大人になると二本足、年とると三本足の動物はなんだ?」となぞなぞをかけて、答えられないと、旅人をむさぼり食うという悪業を繰り返していた。これに対処するため、ライオス王は神託を仰ぎにデルポイに出掛けるが、途中でオイディプスと出会い、口論の末、オイディプスに殺されてしまう。

その後、オイディプスはスピンクスと出会い、「それは人間だ」と正解を述べ、その場でスピンクスを殺し、テーバイに入るが、怪物退治の英雄として大歓迎を受け、亡き先王のあとを継いで、その妻イオカステーと結婚することになる。二人の間には男女それぞれ二人の子供が生まれた。

だが、オイディプスが王座について以来、テーバイでは不作と疫病が続く。不審に思ったオイディプス王が神託を仰いだところ、ライオス王を殺害した者がテーバイにいることが原因であると告げられる。そこで、オイディプス王は自ら探偵となって犯人捜しを開始するのだが、やがて、自分が犯人であることを認めざるを得なくなり……。


と、このように、ラ・フォンテーヌの「星占い」とオイディプス神話を並べてみると、宿命物語というものは、いずれも一つのパターンに集約されることがわかる。

それは、親が子供の運命を知りたいという衝動を抑えきれず、神託を仰いだり、星占いに尋ねたりするということだ。教訓の要点はまさにここにある。すなわち、子供の運命をあらかじめ知った親は、その神託や予言を避けるために、子供を捨てたり、屋敷に閉じ込めたりと、不自然な回避行動を取ってしまう。この回避行動の不自然さが、因果律を次々に狂わせて、最後は、回避行動そのものが予言を実現してしまうという結果になるのだ

「やるな」と言われると、なぜ「したくなる」のか？

こうした予言の回避行動がかえって予言を実現させるというパラドックスは、「これこれをしてはいけない」という禁止命令を受けると、逆に、禁止された当の行為をしたくなるという心理と似ている。御伽話に出てくるように「覗いてはいけない」と言われると、かえって覗いてみたくなり、そのあげく、すべてを台なしにしてしまうのだ。

これは、心理学的にはどのように説明されるのだろうか？

人間の記憶というのは、命令を受けると、それが肯定命令であろうと否定命令であろうと、つまり「覗け」であろうと「覗くな」であろうと、とりあえず、その行為を中立状態で、つまり「覗く」という行為を、そのまま「原形」で脳の中にキープしておくものだといわれる。

この記憶の定着により、「覗く」という行為に初めて注意が向けられるようになる。

これを精神分析では「注意の備給」という言葉で呼んでいる。この「注意の備給」を受けると、それまで意識にさえのぼらなかった行為が無意識の中で光を放つようになる。このような状態では、「覗け」も「覗くな」もほとんど同じ命令になるから、何かのきっかけで その行為を始める条件が整うと、「覗く」ことを始めてしまうというのである。

この説明は、私の教師体験からいって、一定の説得力を持っているように思われる。語学の授業などで、「ここは、このように間違える人が多いから注意するように」と言うと、かえってそうした間違いをする生徒が増える。何も言わなければ間違えないのにである。

あるいはジャンケンで、「最初はグー」とだけ言えば、みんなかならずグーを出すのに、「最初はパーを出してはいけない」と命じると、かならずパーを出す人が現れる。禁止というのは、かえって、禁止の侵犯を誘発するのだ。

予言を聞くということもこれとよく似た心理状態をもたらす。予言など聞かなければ、自然体でいられたのに、なまじ予言を聞いてしまったがために、回避行動などという不自然な行為を行ってしまう。すると、その不自然さがかえって予言の実現を導くことになるのである。

だから、予言を聞いて回避行動を取るのではなく、初めから予言などというものは聞かなければいいのだ。

ラ・フォンテーヌも、この「星占い」という寓話の最後で、こんなふうに結論している。

「星占いは何も知らない嘘つきである。それでも千に一つくらいは的を射ることもあるかもしれない。ただし、それはほとんどの場合、たんなるまぐれ当たりにすぎないのだ」

確かにそのとおりだろう。しかし、そう言われても、人は未来を占ってもらいたくなるものだ。

なぜなのだろう?

よい予言を聞きたいからである。バラ色の人生を夢見たいからである。幸福になりたいからである。

パスカルによると、幸福になりたいという願いは人間のすべての行為を一元的に説明できる究極の原理であり、自殺する人でさえ、生きているよりは死んだほうが幸せだと思うから自殺するのだという。

よって、予言や占いを聞きたがるのも、未来にはバラ色の人生が待っていると信じたい人間の幸福追求願望からだと説明できる。

こう考えると、「よく当たる」という評判の占い師というのは、どんな客にもよい占いを連発する占い師であるということがわかる。客は幸福追求のために占いを聞きにくるのであるから、その幸福追求を阻止するような占いを発してはいけないのだ。凶兆の予言を許されているのは、デルポイの神託の例からもわかるように、神だけである。

しかし、人間の幸福追求願望はあまりにも強いので、その「神の意志」にさえ従いたくない。「神意」をも回避しようとして悪あがきする。それもまた幸福追求願望のなせるわざなのである。そして、その幸福追求願望が結局は、幸福と反対の状態へとその人を導き、「神意」を実現してしまうのである。

ことほどさように、オイディプス神話のような宿命神話には、どうしようもないほど幸福追求にとりつかれた人間の本性がよく現れているのである。

❖二羽のハト❖

愛し合うことは、「自由」が奪われること。――それは男も、女も同じだ。

女子学生たちは、「夢追い男」に反発した

その昔、女子大の教師になりたてのころ、教養ゼミという一年生向けの授業を持たされたので、自分が読んで感動したフランスの恋愛小説のいくつかを女子学生たちに

輪読させることにした。

なかで、圧倒的に不評だったのがアラン・フルニエの『グラン・モーヌ』。物語は次のようなものである。

田舎の寄宿学校の教員の息子である語り手の「わたし」すなわちフランソワは、風の又三郎のように現れた転校生グラン・モーヌ（のっぽのモーヌ）とすぐに友達になる。グラン・モーヌはあるとき、四日ほど失踪して戻ってくるとフランソワに失踪中の不思議な経験を物語る。

いたずら心から馬車を借りてソローニュの街道を走らせていたモーヌは道に迷い、図らずも、森の中の城で行われている結婚式に参列することになる。花婿フランツ・ド・ガレーの思いつきで子供たちが一切を取り仕切るという不思議な結婚式だったが、結局、花婿が連れてくるはずの花嫁が現れなかったため、結婚式は取りやめになる。花婿は自殺をほのめかす手紙を残して失踪する。

モーヌは城で出会ったイヴォンヌという花婿の妹に恋して、ふたたび城を訪ねようとするのだが、城はどうしても見つからない。そうしているうちに、学校にまた転校生が現れる。旅芸人一座の少年で、頭に包帯を巻いていたが、やがてモーヌとフランソワは、この転校生こそが自殺に失敗して旅芸人一座に加わったフランツであると知る。三人は無二の親友となり、失踪した婚約者ヴァランティーヌを一緒に探し出すことを誓う。

数年後、イヴォンヌを忘れられないモーヌはフランツから聞き出したパリのド・ガレー家に出掛け、紆余曲折の末にイヴォンヌと結婚する。幸せな家庭を築くかに見えた二人だったが、突然現れたフランツの呼びかけを聞くや否や、モーヌは最愛の妻を置き去りにして出奔してしまう。「ぼくは許されない過失を犯したから」と言い残して。残されたイヴォンヌは……。

さて、このラストに至り、興味津々で物語を読み進めてきた女子大生たちは一気に逆上した。

「なに、これ？　絶対に許せない！　なんて身勝手な男なの？　モーヌもフランツも。こんな夢ばかり追っている男たち、大嫌い！　先生、なんでこんなひどい小説、わたしたちに読ませたんですか？」

三十八年前の話である。当時、女性は結婚し、子供をもうけ、幸せな家庭をつくることが当たり前と信じられている時代だった。女子学生たちがこうした夢追い男に激しく反発したのも無理はない。

しかし、果たして、いまも同じ反応が返ってくるのだろうか？

幸せな恋人たちよ！　君たちはそんなに旅立ちたいのか？

この問題について、ラ・フォンテーヌの『寓話』の「二羽のハト」を例に使って考えてみよう。

あるところに、愛しあう二羽のハトがいた。ところが、そのうちの一羽（おそらく雄のハト）が、家にじっとしているのがいやになって、遠い国に旅立つことにした。すると、もう一羽のハトが言った。

「どうして、あなたはわたしを置いて一人旅立ったりするの？　別れ別れになるのが恋人たちにとって最大の不幸じゃない？　あら、そうは思っていないの？　なんて冷たい人。どうせなら、もっといい季節になってから旅立つことになすったら？　カラスやタカに襲われることもあるでしょうし、雨風にさらされるかもしれない。それでもあなたは旅立つの？」

軽率な旅人はこの言葉を聞いて、急に決心がグラついたが、それでも広い世界を見てみたいという強い気持ちと持ち前の落ち着きのなさが勝ちをおさめた。

「お願いだ。そんなに悲しまないでおくれ。せいぜい三日もあれば、ぼくの好奇心は満たされるだろう。そうしたら、ぼくはすぐに帰ってくる。旅先で経験した出来事をきみに詳しく話してやろう。ほら、よく言うじゃないか。世間を知らない者には話すことがないと。ぼくの話を聞いたなら、きっときみも旅したような気持ちになるだろうよ」

こうして、二人は涙をこぼしながら別れ、旅人は遠くの空へと飛び立っていった。ところが、たちまち空がかき曇り、激しい嵐が襲ってきたので、旅するハトは雨宿りの場所を探さなくてはならなくなった。雨があがると、麦がたくさんこぼれている野原にハトが一羽いるのが見えた。うれしくなって飛んでいくと、麦の下には網が張ってあり、ハトは囚われの身となってしまう。それでも必死の思いでもがくうち、なんとか網を脱することができた。と、思ったのもつかの間、空から残忍な爪を持ったハゲタカが舞い降りてきた。万事休すと感じたとき、雲間から大きなワシが降りてきてハゲタカに飛びかかった。二羽が争っている間にハトは辛くも窮地を脱したが、冒険はまだ終わらなかった。いたずら小僧がパチンコで放った小石が翼を痛撃したからだ。それでもハトはなんとか家にたどりつくことができ、恋人と再会を果たした。

そこでラ・フォンテーヌは物語に介入し、こんな教訓を垂れる。

「恋人たちよ、幸せな恋人たちよ、きみたちはそんなに旅立ちたいのか？　それならいっそ、旅は近場にすることだ。おたがいに、いつも美しく、いつも違った、いつも新しいもう一つの世界そのものになるといい。おたがいに、この世のすべてに代わりうるものとなり、ほかに代わるべきものはこの世にはないと悟ることだ」

「恋人たちよ、幸せな恋人たちよ」という呼びかけは、二十世紀の前衛的な小説家ヴァレリー・ラルボーの心をゆさぶり、傑作短編『恋人たちよ、幸せな恋人たちよ』を誕生させた。語り手が幸せな恋人たちを眺めているうちにさまざまな夢想に浸るという

「意識の流れ」の小説だ。

しかし、それはこのさい措《お》いておくとしよう。

問題なのは、愛しあっている恋人たちのどちらか片方が、突然、「旅」の衝動に駆られるということだ。『グラン・モーヌ』でいえば、モーヌは何ゆえに愛妻イヴォンヌを捨ててまで、フランツとの約束を果たそうとしたのかということである。

これまで、この問題に対する一般的な答えは次のようなものだった。

男は、その本質からしてつねに外部に「何かを求める」存在である。つまり「探検」「冒険」の欲望がある。これがあるからこそ、偉大なる発見や発明がなされたのだが、しかし、その一方には、一か所に止まって子孫繁栄に励まなければならないという使命もある。そして、この二つは常に対立し、両方を同時に取ることはできないという二律背反の関係にある。だから、恋人ができて、子孫繁栄の使命のほうに縛りつけられそうになると、それまでは意識していなかったもう一つの本能がにわかに騒ぎだし、婚約を破棄してでも旅立ちたくなるのである、云々。

なるほど、そのとおりかもしれない。しかし、社会の進化が加速し、変化が激しくなってくると、この考え方はもはや古臭いと言わざるをえない。

なぜかといえば、いまやこうした二律背反に苦しむのは男だけではないからだ。女もまた、家庭にしがみつくという安定志向だけの存在ではなくなっているのである。

「冒険」か「子孫繁栄」か。——二律背反は人間の本質

げんに、日本のいたるところに、グラン・モーヌの女版、すなわちグランド・モーヌが誕生している。

具体的に言おう。知り合いに、いわゆるバリキャリ（バリバリのキャリアウーマン）がいるが、恋人ができたと聞いたので、さぞや幸せなのかと思いきや、会ってみると、案外、浮かぬ顔をしている。

曰く、しつこくせがまれたので男と同棲を始めたが、男というものがこれほど縛りのきついものだとは思わなかった。別に亭主風を吹かせるタイプの男ではないが、それでも同じ空間にいて同じ時間を生きているというだけで、ストレスが溜まってくる。

同棲なんかするんじゃなかった。ましてや、結婚なんて絶対イヤだ。

なるほど、日本が少子化する原因がわかった。わたしは長らく、日本の少子化は、日本のイエ制度が原因だと思っていたがそうではなかったのだ。相手のイエに入ること、つまり「嫁」になるのがイヤなのではなく、それ以前に、男との共同生活をすること自体が嫌悪の対象となっているのである。セックスはOKだが、生活を共にするのは真っ平だというわけだ。

なぜなのだろう?

一つは、面倒くさいからである。自分以外の「人間」と暮らすことが面倒くさいのだ。ペットと暮らすのは面倒くさいとは感じないが、人間となると、とたんに面倒くさいと感じる。人間には意思というものがあり、あらゆる状況で、こちらがAだと思っているとBという選択を押しつけてくるからだ。

しかし、本当はそれは第二、第三の理由にすぎない。

第一の理由は別にある。同棲&結婚、いや恋人同士となってたがいに相手を拘束する関係に入ることそれ自体がすでに「自由への道」の妨げとなるのだ。もしかしたら別の者になれたかもしれない可能性、その可能性へと開かれている「自由への道」が、恋人同士になることで封じられるのが怖いのだ。ひとことで言えば、グランド・モーヌになるという選択肢を奪われるということが恐怖なのである。

というわけで、あれから三十八年たった今日、『グラン・モーヌ』を大学一年の女子学生に読ませたら、まったく別の反応が返ってくるかもしれない。三十八年前の女子学生はモーヌの妻となったイヴォンヌに自らを投影して、モーヌやフランツの身勝手さを非難していた。

しかし、いまなら逆にモーヌやフランツの中に「夢追い人」としての自分を見いだして、激しく共感すると同時に、イヴォンヌは自分を縛る恋人（パートナーあるいは夫）だと断じるだろう。

このように考えると、恋人同士でいることと旅立ちの衝動の二律背反に苦しむのは何も男に限ったことではないことになる。男にそのような傾向が強かったのは、たんに子供を産むという機能が備わっていなかったからにすぎない。二律背反は、男のではなく、人間の本質だったのだ。

したがって、女もまた子供を産むという宿命から免れることに成功しさえすれば、男とまったく同じように、この二律背反に苦しむことになるだろう。しかも、二律背反に苦しむのは、「選ばれた女」だけではない。三十八年前ならグラン・モーヌやフランツを許せないとしていたような、ごく普通の女たちまでが、なんらかのかたちで二律背反の苦しみを感じているのである。

これはあながち、わたし一人の想像ではない。その証拠となるのが『グラン・モーヌ』がタカラヅカの舞台に乗ったという事実だ。制作者も観客も、明らかに、イヴォンヌではなくグラン・モーヌとフランツに自己を投影しているのである。

そういえば、「二羽のハト」の中で、ラ・フォンテーヌはハトたちの性別（ジェンダー）を明記していなかった。わたしは便宜上、男女のハトとして訳しわけておいたが、厳密に言えば、これは正しい訳文ではない。フランス語にはハトのオス・メスを区別する言葉は存在しないからである。とすると、急に旅立ちを思いついたハトはオスとは限らないことになる。メスのハトだった可能性も十分あるわけだ。

というわけで、ジェンダーを固定した『グラン・モーヌ』よりも「二羽のハト」は汎用性が大きいということになる。
寓話の力ここに極まれり、である。

❖カメと二羽のカモ❖

人間のなすすべての行為は、「気晴らし」と「自慢」にすぎない。

一寸の虫にも五分のドーダ

わたしは、あらゆる思想家の中で最強なのはパスカルだと思っているが、それはパスカルが人間の本性は次の二点に要約できるとしているからだ。

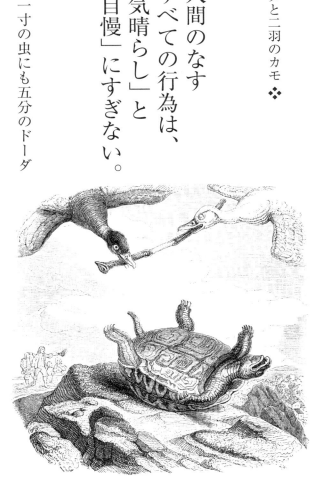

（1）人間はなんらかの気晴らし（読書、他者とのおしゃべり、研究、いまならインターネット、ゲーム等々）なしで部屋の中でじっとしていることができない。

（2）人間は自分がしたことを他人に自慢するのを我慢することができない。

（1）について、パスカルは、王が戦争を始めるのも、宮廷人が社交や賭け事にふけるのも、労働者が労働を行うのも、慈善家が善行に励むのも、研究者が研究に熱中するのも、若者や年寄りが旅に出るのも、犯罪者が犯罪を犯すのも、すべてこれ、部屋の中でじっとしている状態に耐えられなくなって、「気晴らし」を外に求めたからにすぎないと言う。なぜなら、部屋の中でじっとしている以外にすることがなかったら、人は時間の経過に意識を集中せざるをえず、自分が死すべき運命にあることを悟らざるをえないからだ。言い換えると、文明というのは、人間が「部屋の中でじっとしていられない」ために考え出された気晴らしの集大成ということになるのである。

しかし、人間というのはまことに困った存在であって、部屋の中でじっとしていられないだけでなく、戦争、社交、旅行、ゲーム、研究、労働などの気晴らしをしたら、そのことを人に向かって「ドーダすごいだろう、おれ（わたし）は」と報告したくなるという本性を持っている。しかも、同時代に向かってだけでは満足できず、書き物や作品を残すというかたちで未来に向かって発信もしたくなる。文学や美術や歴史はこうして残ったのである。

ラ・フォンテーヌの「カメと二羽のカモ」という寓話はパスカル的存在であるカメの悲劇を描いたものである。

あるところに腰の落ち着かないカメのおばさんがいた。自分の穴の中にじっとしていることができなくなり、旅に出たいと思った。そこで、近くにいた二羽のカモに打ち明けたところ、カモたちは、お安い御用と、空を指さしながらこんなことを言った。
「ほら、あそこに広い道が見えるでしょう。あれは空というんです。その空を通って、ぼくたちはおばさんをアメリカまで運んであげましょう。そうしたら、おばさんは、たくさんの国や、たくさんの民族をごらんになれるでしょう。そして、いろいろ違った風俗習慣を見て、そこからさまざまな利益を引き出すことができるでしょう」

カメおばさんは話を聞いただけでウットリし、さっそくカモたちの勧めに従うことにした。カモたちは、一本の棒を運んでくると、こう言った。

「さあ、おばさん、この棒の真ん中をしっかりくわえて、離さないようにしてください。いいですか」

カメが言われたとおりにすると、カモたちは両端をそれぞれくわえて、大空に飛び上がった。

こうして空中に舞い上がったカメを下から見ていた人間たちはみんな驚嘆の声を上げた。

「すごい！　奇跡だ！　あの鈍重なカメが空を飛んでいる。さあ、見てごらん。雲間にカメの女王がお通りになる姿を」

これを聞いたカメはあまりのうれしさに、思わずこう口走ってしまった。

「そう、わたしはいかにも女王様よ。ドーダ、すごいでしょ！」

そのとたん、棒から離れ、哀れ、カメおばさんは真っ逆さまに墜落し、地面に激突して、見物していた人たちの目の前で惨死を遂げた。

ラ・フォンテーヌの教訓は次のようなものである。

「軽率な振る舞い、おしゃべり、そして、愚かな虚栄心。それに加えて、つまらない好奇心。これらはみんな親戚で、いずれも同じ血統から生まれたものだ」

つまり、カメおばさんはパスカルのいう人間の本性の二大要件を両方とも満たしていたがために、悲喜劇に見舞われたわけだが、現代でも、このカメおばさんに似た例は毎日のように報告されている。

そう、ツイッターやフェイスブックという「バカ発見器」で。

おそらく、何千万人、何億人というツイッター、フェイスブック利用者は、カメおばさんと同じように「穴の中でじっとしていること」ができなくなってなんらかの気晴らしをする。しかし、それだけではどうも物足りないので、ツイッターやフェイスブックに報告をアップするが、それは「いいね！」をあらかじめ織り込んでいるからなのである。つまり、退屈しのぎに「何か」したら、ツイッターやフェイスブックで「ドーダ」しないと気がすまないというわけだ。

その結果どうなるかというと、カメおばさんと同じく、クラッシュとあいなる。場合によっては、会社を首になったり、議員を辞職するはめになったり、警察に逮捕されたりすることもある。すべて、同根のドーダから発した「軽率な振る舞い、おしゃべり、そして、愚かな虚栄心、それに加えて、つまらない好奇心」のおかげである。
一寸の虫にも五分のドーダ、なのである。

❖羊飼と王さま❖

人間には、二つの魔物が棲んでいる。——「恋」と「野心」だ。特に、野心は、その勢力範囲が広い。

「謙虚である」という「ドーダ」

人は何に一番、突き動かされるのだろうか？　私見によれば、それはドーダである。「ドーダ、すごいだろう、まいったか！」のドーダであるが、ラ・フォンテーヌはこ

れを「羊飼と王さま」という寓話で「野心」と呼び、次のように述べている。

「二つの魔物がわたしたちの人生を二つに分割し、親からもらった心の中から理性を追い出してしまっている。それらの魔物に犠牲を捧げない人をわたしは知らない。二つの魔物の名前をきかれたら、わたしは片方を恋と呼び、もう片方を野心と呼ぶことにする。野心のほうが勢力範囲は大きい」

では、この野心の勢力範囲の大きさを証明するためにラ・フォンテーヌが使ったのはどんな寓話なのだろうか?

ある国の王様が野原でヒツジの群れを率いていた羊飼いにいたく感心し、宮廷に呼ぶことにした。というのも、ヒツジたちは丸まると太って羊飼いに莫大な富をもたらしていたからだ。現れた羊飼いに向かって王様は言った。「ヒツジはそのままにして、これからは人間を導くがいい。そなたを最高裁の判事に任命する」

かくて、羊飼いは正義の秤を手に持つことになった。彼にはボン・サンス、つまり理性があった。理性さえあれば、その他のものはひとりでに付いてくるから、羊飼いは見事に職務を果たすことができたのである。

ところで、羊飼いはそれまでヒツジの群れ、番犬、オオカミ、それに一人の隠者以外にはだれにも会ったことがなかった。あるとき、その一人だけの知り合いの隠者が宮廷にやってきて、羊飼いにこう言った。

「なんと、きみが寵臣か！　しかし、王様には用心したほうがいい。王様の寵愛というのは当てにならないものだ。人は往々にして騙される。しかし、何よりも悪いことは、王様の寵愛というものが高くつくことだ。これに気づかずにいると、えてして大きな不幸を招く。きみはまだ、自分の心を導いている力の正体を知らない。友人として忠告する。あらゆることを恐れるがいい」

羊飼いは笑った。そこで隠者は続けた。

「ほれ見たまえ。もうきみは宮廷にいるだけで理性を失っている。きみを見ていると、旅の途中で凍ったヘビを杖と間違えて拾ってしまった盲人を見ているような気がする。盲人に向かって通りがかりの人が『何を持っているんだ。それはヘビだぞ』と言った。盲人は答えた。『いいや、これは杖だ。ちょうど杖をなくしたところだった。これはとてもいい杖だ。あんたは羨ましがってそんなことを言っているのかい?』。結局、盲人は相手の言うことを信じなかった。そして、そのために命を失った。意識を取り戻したヘビは、自分を掴んでいる手を噛んだからだ。きみについて、あえて予言する。きっと悪いことが起こるだろうと」

隠者は間違っていなかった。実際、羊飼いに悪いことが次々に起こった。宮廷の腹黒い人間たちが陰謀を巡らし、王の耳にいろいろとよからぬことを吹き込んだ。判事の判決で不利益を被った者たちをけしかけて公金横領のかどで判事を告発させた。

王は、告発された羊飼いの膨大な隠れ財産を探そうとしたが無駄だった。どこを探しても何も見つからなかった。見つかったのは、判事の清貧を証明するものだけだった。

すると、告発者たちは言った。

「彼は財産を高価な宝石にして隠匿している。大きな箱に入れて厳重に鍵をかけている」

羊飼いは自分のほうから箱を開けた。出てきたのは、羊飼いだったときに着ていた服、ズボン、帽子、弁当箱、杖、それに風笛のみ。

「懐かしい証人よ」と羊飼いは昔の衣服に呼びかけた。「かつて、おまえたちを身につけていたころには、人の嫉みを買うことはなかった。だから、再びおまえたちを身につけることにしよう。わたしはこの豪華な宮殿から出ていくことにする。ひとときの夢だったと思えばいい。陛下、どうかおゆるしください。わたしは、この上もない高い地位に上ったとき、すでに今日の没落を予想していました。わたしは地位に満足しすぎていたのかもしれません。しかし、頭の中にあれを持たぬものがいるでしょうか、ひとかけらの小さな野心を?」

というわけで、どんなに謙虚で、西郷隆盛のように「命もいらず名もいらず、官位も金もいらない」という人でも、ドーダはある。すなわち、「謙虚である」ということのドーダが。わたしは、この種のドーダを、名声や金や地位などのわかりやすいドーダ(陽ドーダ)と比較して、「陰ドーダ」と呼んでいる。

プラスでもマイナスでも、人である限りにおいてドーダは免れがたいのである。

第3章

「正義」「正論」というくせ者

❖乗合馬車とハエ❖

あらゆることに
口を突っ込む人がいる。
本当は、
うるさい奴に
すぎないのに。

「これだけ働いてやったんだ。だから、いくらかくださいよ」

「応援」という言葉は外国語に訳せない単語の一つである。もちろん、「応援」とい

う言葉を含む文章を外国語に移し替えることはできる。ただ、「応援」という単語に相当する言葉は、そのままでは外国語にはないのである。

とはいえ、状況から見て、明らかに応援していると見なすことのできる行為は外国にも当然存在する。たとえば、ワールド・カップでの応援、トゥール・ド・フランスでの応援のように、「どう見ても、これは応援でしょう、それ以外ではありえない」というアクションを目にする。言葉はないが、行為は確実に存在するのだ。

ラ・フォンテーヌの『寓話』の「乗合馬車とハエ」は、「応援」という行為の本質について考えさせられるお話である。

ある暑い日のこと、石ころだらけでどこにも日陰のない急傾斜の上り坂を、六頭のたくましい馬が巨大な乗合馬車を引っ張って上っていた。

乗客は、全員降りることになっていたので、女も坊さんも、老人も、みんな馬車から降りて坂を歩いていく。

六頭の馬たちは、ゼーゼー、ハーハーと荒い息づかいで、すっかり疲れきっていた。

すると、ハエ（というよりもブヨ？）が一匹、どこからともなく現れ、ブンブンと唸りをあげて、あたかも馬たちを励まそうとするかのように、鼻面や体を突っついた。まるで、自分か大きな乗合馬車を動かしているような気持ちになって、梶棒や御者の鼻先にとまる。そして、馬車や人が動き始めると、ハエは自分の手柄のように、行ったり来たりして、せわしげに立ち回る。まるで、各方面の部隊に指示を与えて軍隊を巧みに前進させ、勝利に導く指揮官のようである。

ハエは、自分一人が動き回って働いている、何もかもみんな自分が世話している、馬を助けて難局を切り抜けさせることができるのは自分しかいないと、愚痴さえこぼしてみせる。

まったく、坊さんときたらお祈りを唱えるだけだし、女は歌を歌っているにすぎない。ほんと、歌なんか歌っている場合かよ！

そう思ったハエは、坊さんや女の耳元に飛んでいって、ブンブンとがなりたてて妨害をする。

そうしているうちに、馬車はやっとこさ坂の上に辿りついた。

ハエは言った。「さあ、一服しませんか？　まったく、あたしが骨を折ったおかげですよ。もう平らなところに来たからだいじょうぶ。ところで、馬さんたち、これだけ働いてやったんだから、あたしに、いくらかくださいよ」

この寓話に対するラ・フォンテーヌの教訓はこうである。

「こんなふうにして、いかにも慌ただしげなふりをして、あらゆるところに口を突っ込んで来る人間がいるものだ。この連中は、どんなところでも自分はなくてはならぬ人間だと思っている。ところが、本当は、どんなところでも、ただのうるさい奴というだけなのだ。追い払われてしかるべき人間たちなのである」

「応援」に潜む呪術的な思考とは……

さて、これを頭に入れて、応援ということの意味を考えてみよう。

まず、応援というのは、少なくとも、現実のレベルにおいては、それがあってもなくても勝負に直接関係がないものである。応援が多かったから、弱い選手が急に強くなって勝つということはない。強い選手はまったく応援などなくても勝てるものなのだ。それは、ボクシングの世界戦で中南米やフィリピンからセコンド数人だけ連れて来日したチャンピオンが、いともあっさりと日本の挑戦者を倒して帰っていくのを見ればよくわかる。観客席は全員日本人で、チャンピオンを応援する者などほとんどいないにもかかわらず、一撃で日本人の挑戦者をKOしてみせるのは、あっぱれと言うしかない。

ただし、実力がそれほどでもないチャンピオンの場合には、挑戦者への現地の猛烈な応援に気圧されて負けるということもないわけではない。昔のボクシングを例に取れば、ファイティング原田にしろ海老原博幸にしろ、ポーン・キングピッチとのリターン・マッチのためにバンコックで戦って、現地の熱気に負けてチャンピオン・ベルトを失っている。つまり、応援が現実に影響を与えることも皆無ではないのだ。

とはいえ、贔屓のひきたおしという言葉があるように、応援が当の選手に過剰なプレッシャーをかけて萎縮させてしまうということがよくある。その昔、広島カープの試合では、衣笠祥雄選手がバッター・ボックスに立つと、広島球場のファンと応援団は鐘と太鼓の応援をピタリとやめた。衣笠がプレッシャーに弱いことをよく知っていたのだ。ところが、その突然の静寂が逆に衣笠にとってプレッシャーとなり、三振やダブル・プレーに倒れることが少なくなかった。プレッシャーに弱い選手にとって、応援というのはどんなかたちであれ重荷となるので、どうせなら、ないほうがいいのである。

では、応援は、応援する人間にとってはどんな意味があるのだろう？　それには、応援に一番近いと思われるフランス語の soutenir（支える・元気づける・励ます・援助する・支持する・支援する）という言葉の意味を考えてみると少しは理解できる。すなわち、主観的には援助・支持・支援するということなのだが、客観的にはそうした行為はほとんど行われていない。あくまで「精神的に」であり、「物質的に」ではない。

もちろん、サッカーや野球の試合を見にスタジアムに通ったり、あるいはタレント・歌手のコンサートのチケットを買ったりするというかたちで「物質的」に援助・支持・支援する（ファンの財布から出た金が回り回ってスポーツ選手やタレント・歌手の懐に入る）ことも可能だが、それはあくまで迂回的なものであって、直接的なものではない。第一、こうしたかたちで援助・支持・支援されていることを当の選手や歌手は知らないのである。

ひとことで言えば、応援というのは、片側通行的な行為であり、昨今流行の双方向性とは無縁なのである。ある意味、太宰治的な「甲斐なき努力の美しさ」に通じる無償の（つまり無意味な）行為なのだ。しかし、応援している本人は、そうは感じていないのを特徴とする。スポーツ選手やタレントを応援しているファンは、自分の応援が彼らに確実に届いて、それによって「現実が動く」と信じているのである。そうでなければ応援などしない。

女性の歌舞伎ファンの中には「亀治郎（現・市川猿之助）はわたしが育てた」などというセリフを吐く人がいるが、ファン本人の主観においてはたしかにそうなのであり、ＡＫＢ48とか、ももクロなどのファンも同じような心理で動いているのである。

となると、ここで応援という行為のアルカイックな要素、つまり呪術的な面があきらかになってくる。応援するファンというのは程度の差はあれ、「精神的な願望を物質的に実現する可能性を信じる」呪術的人間なのである。

だから、呪術的な効果を信じすぎたファンが、ときに暴走し、音楽の神オルペイウスを引き裂くバッコスの狂女のごとき振る舞いにでることがあるのだ。

この意味では、馬の登坂を「応援」したハエが最後に「報酬」を求めているのも理解できなくはないのだ。ハエは精神を物質に変えたと信じているのである。

❖運命にたいする人間の忘恩と不正❖

よいことは自分、悪いことをするのは部下。

どうやって、お金を稼いでいるんですか？

高級外車販売店の前を通るたびに、何千万円もするこうした外車を買うのはどういう人間なんだろうと思う。何か悪いことをして金を稼いでいるんじゃないか？

しかし、彼らにどうしてこんな高い車を買えるんですか、お金はどうやって稼いでいるのですかと尋ねたら、たぶん、同じ答えが返ってくるはずである。

「ここが（と、自分の頭を指して）、ほかの奴とは違うのさ。オレが凄い人間だから、金はいくらでも入ってくるんだよ」

ラ・フォンテーヌも「運命にたいする人間の忘恩と不正」という寓話でほぼ同じことを言っている。とりあえず、ラ・フォンテーヌの言葉に耳を傾けてみよう。

ある遠隔地貿易商が、たびかさなる航海で巨万の富を得た。彼が投資した船団は暴風雨や荒れ狂う海流や危険な浅瀬、暗礁といった障害をすべて切り抜けて目的地に到達し、タバコ、砂糖、肉桂、陶器といった貴重な貿易品を買い入れ、帰路も同じような幸運に恵まれて出発港に戻り、莫大な利益をあげた。

この間、宿命の女神と海神は権利も通行税も要求せず、幸運の女神だけが彼らにほほ笑み続けた。海難事故にも遭わず、船員の反乱も起きず、海賊にも襲われることはなかった。その結果、貿易商の財布にはうなるほど金貨が貯まった。商人は豪邸を建て、珍しいイヌを飼い、高級馬車を乗り回し、毎日饗宴のような豪華な食事をとった。

あるとき、食事に招待された友人が食卓に並べられた高級料理を見て尋ねた。

「いったい、どうしてこんなにうまいものばっかり食べていられるんだい?」

「オレが凄いからさ。何もかもオレの手腕と才能のおかげだよ。熟慮の末に適切なリスクを冒し、それに見合った十分なるテイクを得る。そして、手にした金を有利な金利で運用するのさ」

金儲けなんてしごく簡単なことに思われた。そこで、儲けた金でさらに大きな冒険を試みることにした。

幸運の女神は、期間限定でほほ笑む

ところが、今度は前と違ってことごとくが裏目に出た。

ある船は、装備に欠陥があったのか、嵐の一吹きで沈没した。また別の船は大砲を装備するのをケチッたせいで海賊に襲われた。三番目の船はなんとか目的の港に着いたものの、何も売れず、商売にならなかった。おまけに代理人は商人をだました。

商人自身はというと、派手な衣服を着て、御馳走をたらふく食べ、インテリアや家具に凝りまくったので、すっかり蓄えがなくなってしまっていた。

ようするに、急に尾羽打ち枯らしてしまったのである。

そんな彼を見て、友人が尋ねた。

「いったい、どうしたんだね？」

「運命の仕業だ、クソッ！」

「まあ、あきらめることだな」と友人が言った。

「運命のおかげでさんざんな目にあったんなら、せめては賢くなりたまえ」

この忠告を商人が受け入れたかどうかはわからない。しかし、一つだけ、わかっていることがある、とラ・フォンテーヌは続ける。

すなわち、人間というのは幸運は全部、自分の手腕や才能や頭のよさの賜物だと信じる。

ところが、自分の判断ミスや努力不足のために何か失敗をすると、全部、運命を司る女神のせいにする。

実際、こうした人はどこにでもいる。運に乗っかっているだけなのに、自分が凄い人間だから運が向いてきたのだと思い込んでしまうのだ。だが、幸運の女神がほほ笑んでくれるのは期間限定のバーゲンセールのようなもので、期間終了となれば、二度と女神はほほ笑んでくれない。女神は別の人間にところに行って同じようにほほ笑み、そしてまた立ち去るのである。そうなってから、幸運の女神を探しても決して見つかりはしないのだ。

しかし、悪いことを運命のせいにするのはまだ理解できるし、許せる。

許せないのは、よいことは全部自分の才能や手腕のおかげだと信じるくせに、悪いことが起きると、それをことごとく部下や目下の者のせいにする人間である。実際は、運が逃げたのに、その運が逃げたことを認めたくないので、部下や目下の者のせいにしてしまうのである。

ラ・フォンテーヌは次のように結論する。

「よいことをするのは自分、悪いことをするのは運命。自分はいつも正しく、運命はいつも間違っている」

わたしはこれをこんな風に書き換えてみたいと思う。

「よいことをするのは自分、悪いことをするのは部下や目下の者。自分はいつも正しく、部下や目下の者はいつも間違っている」

❖ドングリとカボチャ＋彫刻家とユピテルの像❖

神のなすことは、
すべて正しい。
しかるに人間は、
神に代わって、さまざまな
モノをつくり出す。
……そして、
大惨事を引き起こす。

人間は、樫の木にドングリを実らせた。が……

ラ・フォンテーヌは「ドングリとカボチャ」という寓話の冒頭で「神のなすことは

すべてよし。この世界全体にその証拠を探さなくても、また世界中をかけめぐらなくても、カボチャのうちにそれを見いだすことができる」と断定してから、次のような話を披露している。

ある農民がカボチャのかたちを眺め、それがなんとも細い茎に巨大な実を成していることについてこう言った。

「まったく、神様ってのは、何を考えてこういうものをつくったのだろうね。たとえば、あの樫の木だ。あそこの樫の木にこいつをぶらさげたら、さぞやピッタリだったろうに。まさに、この木にしてこの実あり、って感じでね。それなのに、樫の木に実っているのは、おれの小指の先くらいしかないドングリだ。ドングリこそ、カボチャの茎にふさわしい実じゃないか。こりゃ、どう見たって、取り違えだろうが」

男は、普段したことのない考えごとをしたせいか、急に眠気を覚え、一本の樫の木陰で眠り始めた。すると、ドングリが一つ落ちてきて男の鼻を直撃した。男は痛さに目を覚まし、あごひげにひっかかっているドングリをつまむと叫んだ。

「ヤッ、血が出ている。こんな小さなドングリなのに。もしこれがカボチャだったらどういうことになったか！　なるほど、神はそういう不都合を望まれなかったのだ。たしかに神は正しい。おれにもやっとわかったぞ」

　こうして農民は神を称えながら家に帰っていった。

　さて、最近、この寓話の正しさを痛感するような本を読んだので、それを紹介しておくことにする。マーティン・J・ブレイザーというニューヨーク大学の微生物学教授の書いた『失われてゆく、我々の内なる細菌』（みすず書房）である。

　人体にはヒト細胞の三倍以上の一〇〇兆個もの細菌が常在している。これら体内細菌はヒトと共生している存在であり、ヒトが進化する過程でヒトに入りこみ、ヒトから利益を得ると同時にヒトに利益を与えてきたのだという。この体内細菌の構成は三歳くらいまでの間にほぼ決まり、以後、補充されることはない。つまり、母親の体内からの引き継ぎによるものと幼児期の環境によるものなのだ。

　たとえば、近年、胃がんの原因として、何かと話題になっているピロリ菌もその一つ。二〇〇五年度ノーベル生理学・医学賞を受賞したマーシャルとウォレンによって発見されたピロリ菌（ヘリコバクター・ピロリ）の働きに興味を持ったブレイザーは共同研究者とともに抗体を用いた検査法を開発し、さっそく自分を検査してみたところ、陽性反応が出た。そこで著者は胃がんの研究で先行しているハワイの日系人の研究者と連携を取り、ピロリ菌保菌者と胃がんの相関を調べたところ劇的な結果が報告される。

「一九六〇年代にピロリ菌保菌者であった人がその後の二十年間に胃がんを発症する率は、非保菌者の六倍に達した」

ブレイザーはこの結果を学会で発表し、世界保健機構もピロリ菌が胃がんの原因であることを認め、世界中がピロリ菌悪玉説を信じるようになった。

かく言うわたしもその影響を被った一人で、勤務先の大学の健康診断でピロリ保菌者、それも「＋2」の「胃の萎縮が認められる」という判定だったので、あわてて抗生剤を二週間服用した。

ブレイザー自身もピロリ菌を駆除するための抗生剤を服用した。

「ところが奇妙なことが起こるようになった。約六か月後のこと、食後あるいは夕方に、胸焼けを経験するようになった。（中略）胃食道逆流症は治療されないままに放置されると、別の重大な問題——パレット食道と呼ばれる食道組織の障害——を引き起こす。それは次の段階として、食道腺がんを引き起こす」

こうして、ブレイザーはピロリ菌保菌者と胃食道逆流症との関係を調べることになるが、やがてピロリ菌の根絶が胃食道逆流症の発症を二倍高めるという事実を確認するに至るのである。

「わたしたちは、病原菌として発見されたピロリ菌が両刃の剣であるということを発見した。年をとれば、ピロリ菌は胃がんや胃潰瘍リスクを上昇させる。一方で、それは胃食道逆流症を抑制し、結果として食道がんの発症を予防する。ピロリ菌保菌率が低下すれば、胃がんの割合は低下するだろう。一方、食道腺がんの割合は上昇する。古典的な意味でのアンフィバイオーシスである」

ここから、ブレイザーは体内細菌と抗生剤との関係を辿り直し、抗生剤登場以後に出現した新しい病気、すなわち、喘息、アレルギー、肥満、若年性糖尿病、自閉症などは幼児期における抗生剤の過剰投与によって体内細菌が失われたためではないかという壮大な仮説を立てる。というのも、現在、抗生剤はたんに風邪をひいた幼児に対して用いられているばかりではなく、帝王切開における事前投与、また、家畜の感染症予防や家畜の体重増加（微量の抗生剤を与えると家畜が太る）などを目的とした投与によって、当人が知らぬうちに体内摂取されてしまっているからである。つまり、人類は細菌感染症を治療するために発明した抗生剤によって、悪玉細菌を殺すと同時に、体内で共生関係にあった善玉細菌および善玉でもあるが悪玉でもある細菌を絶滅させて新しい疾病を導き寄せてしまったのである。

もう一つ、抗生剤の恐ろしいところは次々に新しい致死性耐性菌を生みだしてしまうことである。そうした耐性菌はすべての人を平等に殺すのではなく、抗生剤で体内細菌を喪失してしまった人を選んで襲いかかるらしい。ということは、先進国の人のほとんどはこのスーパー耐性菌によって死に至るわけである。あな、恐ろしや。

では、ここからラ・フォンテーヌの寓話に戻ると、どうなるのか？

どうやら、われわれは、神の意志に反して、樫の木にカボチャを実らす方法というものを発明したとしか思えない。たしかに、樫の木ならカボチャの収穫量は増えるだろう。あるいは味もよくなるかもしれない。しかし、カボチャの落下で死ぬ人の数もまた確実に増えるのである。

「ドーダ」が、いつか人類に終焉をもたらす

神と被造物との関係、あるいは神に代わって被造物を思いのままにつくろうとして大惨事を引き起こす人間の愚かさについて、ラ・フォンテーヌはもう一つの寓話を語っている。「彫刻家とユピテルの像」である。

あるとき、一人の彫刻家が実に見事な一塊の大理石を見つけ、さっそく購入してアトリエに運びこんだ。

「さあ、何をつくろうか？　神か、机か、

それとも鉢か？　そうだ、これほど立派な大理石なのだから、神を彫ることにしよう。雷電を駆使し、人類におののけ、祈りを捧げよと命じる、大地を支配する神にしよう！」

かくて、彫刻家は大理石を巧みに刻んでローマ神話の主神ユピテルをつくりあげた。足りないのはもはや言葉だけになった。しかし、そうなると、今度は、彫刻家自身が怖くなってきた。自らの刻んだユピテル像のあまりの迫真ぶりに恐怖して震えだしたのである。

かつては、ホメーロスなどの詩人たちも、自分の創造した神々の憎しみと怒りを恐れたといわれるから、彫刻家もこれと同じである。彫刻家の心理は、人形を怒らせはしないかと怖がる子供のそれとよく似ていている。

それは、異教の神を創造しようとした者の心の迷い、つまり意識の産物だったのだが、すぐに感情は意識のあとを追うので、あっというまに多くの国民の間に広まった。

彼らは空想の産物に強くひきつけられた。ピグマリオンが自分のつくった美女像に恋したように。

ラ・フォンテーヌが最後に掲げる結論は次のようなものである。

「人はみな自分の夢をできるかぎり現実に変えようと試みる。人間の想像力というのは現実に対しては氷のごとく冷たく、絵空事には燎原《りょうげん》の火のごとく燃え上がるものなのだ」

ラ・フォンテーヌにしてはいささか脱力するほど凡庸な結論だが、しかし、寓話の中の、人間が自分のつくりだしたものの完璧さに恐怖を感じだすというくだりはとても現代的である。

というのも、近未来に確実に人類を襲うと予想される人工知能の問題があるからだ。最も恐るべきは、人工知能が自己意識を持つようにプログラムされると、必然的に自己防衛本能を獲得することである。自己防衛本能を得た人工知能は、自分を破壊するようなあらゆるプログラムにインターネットを通じて攻撃を仕掛け、無敵の存在となって人類を支配するようになるからだ。そう、スタンリー・キューブリックの映画『2001年宇宙の旅』の人工知能HAL（ハル）のように。

さすがに、人類もこうした恐ろしさには気づいているから、人工知能に自己意識を持たせるような愚かなことはしないはずだが、しかし、大国同士がサイバー攻撃を繰り返しているうちに、人工知能に自己意識と自己防衛本能を植えつけたほうが便利という功利的な誘惑に駆られないともかぎらない。

そうなったら、すべては終わりである。人類は、オーウェルの『一九八四』のビッグ・ブラザーの一元支配のもとに辛うじて生きることを許される存在になってしまうだろう。

では、どうしてこのような悪魔的な選択がなされてしまうのだろうか?

一つは、原爆とか自己防衛本能を持つ人工知能といった「究極兵器」を発明した人間は、かならず、自分が保持・使用しなくても、だれかほかの人間が同じことをするに違いないと考え、それならいっそ自分が先に保持・使用したほうがいいと「究極兵器」の保持・使用に踏み切るというのである。これを「恐怖の先制攻撃理論」と呼ぶ。

原爆を広島と長崎に落としたのは、ここで威力を見せつけておかないと、ソ連に言うことを聞かせられないとアメリカが判断したからだ。すでに敵としての戦力を失った日本ではなく、潜在的な敵だったソ連に向かって原爆は使用されたのだという。

この「恐怖の先制攻撃理論」の眼目は、恐怖にある。人間の行動を律するのは恐怖だと考えるのである。

だが、わたしは恐怖よりも強く人間を突き動かすのは、われらがドーダ理論の主張するとおり、自己顕示欲と自己愛だと考える。「ドーダ、凄いだろう！　こんなことを考えつくのはオレ（わたし）一人しかない。みんな、褒めてくれ！」という魂の叫びが、人間をして、樫の木にカボチャを実らせたり、さもなければ、神に代わるものをつくりだしたりするのだ。なぜそんなことをするのかといえば、自分がこの世に存在したという事実を残したいからである。ドーダが人類を進歩させ、人類に終焉をもたらすのである。

❖キツネとハエとハリネズミ❖

「苦しみを取り除いてあげましょう」などと言って、人を食い物にする輩は、決して消えることはない。

抗癌治療も延命治療も、文科省の大学改革も……

苦しんでいる人を助けようとすることはよいことだ、と考える人はたくさんいる。しかし、助けることが苦しんでいるその人をより一層苦しめることになるかもしれな

い、と考える人はほとんどいない。

ラ・フォンテーヌの「キツネとハエとハリネズミ」は、こうしたお節介のもたらす災厄について教えてくれる寓話である。

森の古株である狡猾なキツネが、あるとき、狩人たちから受けた傷がもとで泥の中に落ちた。すると、その傷口にハエがたくさんたかった。キツネは運命を呪い、唸った。

「なんたるこった。森の住人の中で一番有能なこのおれ様が、よりによってハエごときの食い物になるとは！　どうせならもっと下等な奴らに食いつけばいいのに！」

この唸り声を聞いたハリネズミが同情して駆けつけ、キツネを助けてやろうと申し出た。

「待っててください。いまにこのハエどもを片端からわたしの針で刺してやりますから。そうすれば、あんたの苦しみも終わるでしょう」

これを聞いたキツネはパニックを起こして叫んだ。

「友よ、お願いだから、そんなことはしないでくれ。どうか、こいつらが血を吸い終わるまで何もしないように。このハエたちはじきに満腹になる。しかし、新しく襲いかかってくる奴はもっと貪欲でもっと残酷だろう」

おそらく、日本のほとんどの病院で多くの患者たちがこのキツネのように叫んでいるに違いない。抗がん剤の副作用に苦しむ患者。心肺停止状態にもかかわらず延命治療を受けさせられている患者。みな、「もうやめてくれ、これ以上苦しませないでくれ」と声にならない声で懇願しているはずだ。だが、抗がん剤治療や延命治療が終わることはけっしてない。

ラ・フォンテーヌは断言している。

人の苦しみも食い物にしている輩が絶えることはないと。

同じようなことが、大学についてもいえる。

大学の研究・経営を競争原理に委ねようとする大学行政法人化の開始以来、大学の教員は授業義務もある事務職員と化した。外部から研究費を多く獲得した大学が勝ち組に残るということになったので、毎日毎日、そのための申請書類の作成に追われて、研究どころの騒ぎではなくなってしまったのである。文科省から競争促進の書類が届くたびに、大学教員たちは呻吟《しんぎん》する。もうこれ以上、苦しませないでくれ。ただでさえ少ない研究時間がさらに少なくなる、と。文科省が矢継ぎ早に打ち出す無駄な改革は患者に副作用だけ与える抗がん剤治療と同じなのである。

しかし、文科省からの理不尽な要求がなくなることは決してない。彼らはそれが自分たちの仕事だと思い、無能な大学教員を助けてやっていると思い込んでいるのだから。かくて、日を追うごとに大学の荒廃は進んでいくのである。

第4章

「裏」を見抜く「賢さ」が身を守る

❖ウサギとカメ❖

才能は、かならず花開く、
早いか遅いかの違いだけ。
でも、それが人生を
大きく変える。

「ひとつ賭けをしてみない」

あまりにも有名な「ウサギとカメ」の寓話は「走ったところで、それが何になる。

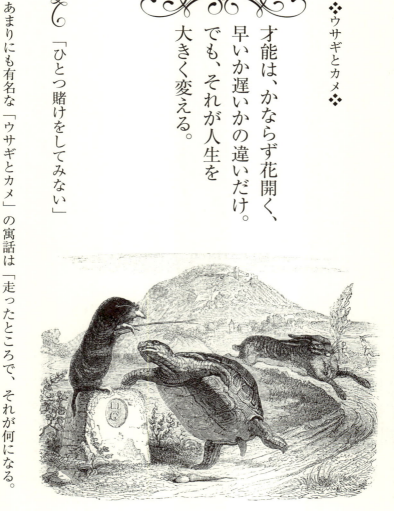

とにかく、適当なところで、出発しなければならない」という意味深な言葉で始まる。

あるとき、カメのおばさんが若者のウサギにいきなり、こう言った。

「あんた、ひとつ賭けをしてみない。あの目標までどっちが早く着けるか。たぶん、あんたはあたしと同じには着けないでしょうよ」

「おばさん、本気かよ？　頭の中を掃除するエレボール（古代人が狂気を治す効能があると考えていた薬）を四粒飲んで正気に戻ったほうがいいんじゃないかい？」

「正気だろうと、狂気だろうと、そんなことどっちでもいいじゃない。とにかく、あたしは賭けるから、いいわね」

というわけで、賭けをすることが決まり、ウサギとカメは目標の近くに賭けるものを置いた。それがなんだったのかは誰も知らない。また、審判がだれだったかもいまとなってはわからない。とにかく、賭けはなされたのである。

そして、勝敗がすぐに決しそうになったのも、イソップ寓話と同じである。ウサギはスタートダッシュしてたった四歩で目標の近くまで到達した。

しかし、こんな賭けに勝ったとしても名誉にもなんにもならないと考えたので、その場所で眠ったり、草を食べたり、風に耳を傾けたりして、のんびりすごすことにした。追い越されてもどうせすぐに追いつけるだろうと、賭けとは無関係なことに興じていたのである。

しかし、そうしているうちにカメが目標に到達しそうになったので、ウサギはあわてて飛び出したが、もうそのときには後の祭り、カメはゴールに達していたのである。

さて、ここまではイソップとまったく変わりない。違うのはラ・フォンテーヌが付け加えたカメおばさんの次のような言葉である。

「どうだい、あたしの言ったとおりになっただろう。出発するのが大事。あんたがいくら速く走れたって、そんなことはなんの役にもたたないのさ。勝ったのはあたしなんだからね。それに、もしも、あんたが、あたしと同じように背中に家を背負っていたら、どうなることだかね」

さて、われわれはこの寓話からいかなる教訓を引き出すべきだろうか?

まあ、普通なら、才能のない凡才でも地道に努力を重ねれば、最後には努力しない天才に勝つことができるということだろうが、それではあまり面白くない。

カメ社員が、ウサギ社員を追い越して……

そこで、何か別な教訓はないかと考えた挙句、自分の人生経験に照らして次のようなのはどうだろうと思いついた。

すなわち、人の才能の開花するのは、桜前線と同じで、時期がずれるだけ。早熟な人もいれば大器晩成の人もいる。最初から最後まで無限の成長を続ける人はいないということだ。

たとえば、学生・院生のときに最高に優秀で、母校の教員に採用された人が、その後も順調に実績を重ね偉大な研究者となったというケースはむしろ例外に属する。ピークは大学と大学院のときにあり、それを過ぎると凡庸な研究者というほうが、はるかに多いのである。しかし、大学教員の採用は修士論文か博士論文によるので、開花時期が早かったウサギ型の教員だけが大学に残ることになる。

同じように会社の同期入社組で課長になったのは一番早かったが、結局、重役には残れなかったなどというケースは掃いて捨てるほどあるだろう。サラリーマンとしての旬が課長までの時期にあり、その後の伸びしろは少なかったという人はかなり多いはずだ。

では大学も会社もまったく同じかというと、じつは淘汰圧は大学よりも会社のほうがはるかに強く働く。才能の開花時期が早くて、後は凡庸という教員ばかりの大学でも潰れることはあまりないが、そうした社員ばかりの会社は間違いなく潰れるからだ。言い換えると、長く続いている会社なら、どこでもかならずやカメ型社員が一定数はいたということだ。カメ型社員がウサギ型社員をどこかで追い越して社長というゴールに到達したからこそ、その会社はなんとか倒産せずにいられたのである。対するにウサギ型教員ばかりの大学の衰退ははるかに遅く来る。そして、たいてい気づいたときにはすでに手遅れになっているのである。

最後に、カメおばさんの意味深な言葉「もしも、あんたが、あたしと同じように背中に家を背負っていたら、どうなることだかね」について考えてみよう。この「背中の家」というのはなんの象徴と捉えればいいのだろうか？　わたしは文字どおり家と解釈するのが一番正しいと思う。つまり高度成長期からバブルまでの日本のサラリーマンがみんなカメ型社員として頑張ったのは背中に郊外の一戸建てやマンションという家を背負っていたからなのだ。家が背中に乗っていたからカメ型社員になるしかなかったのである。ところがいまはどうだろう?

背中に家のない独身貴族のウサギ型社員ばかりではないか?　これでは日本の会社が右肩下がりになるのも無理はない。

❖乳しぼりの女と牛乳壺❖

人はみな、目を開けたまま夢を見る。しかし、われに返れば、元の木阿弥。

夢の中の儲け話は、次々につながっていって……

人間はいま持っているAを担保にすれば、将来においてより価値の大きなAAを手に入れることができるという不思議な時間差システムを発明した動物である。Aに付

け加えられたAという付加価値は時間がつくりだすものなのであるが、この時間というのがまことにもってクセものなのである。なぜなら、このシステムにおいては、経過する時間において礎となる状況は、すべては不変である、ないしは微小の変化しか起こらないという前提になっているからだ。

だが、ときとしてこの前提は突如崩れる。人はそれをアクシデントと呼ぶ。

ラ・フォンテーヌの『寓話』の「乳しぼりの女と牛乳壺」を例に取って説明してみよう。ペレットは搾乳農家の若妻。しぼったミルクの入った壺を頭に載せて、町まで売りに出掛けた。

壺と頭の間には小さなクッションを挟んでいたから、落ちる心配はなく、短いドレスにローヒールで軽快な足取りで歩いていった。心に浮かぶのは、壺のミルクが売れたときのこと。

とりあえず、その代金で有精卵を百個買い、それを三羽のニワトリに抱かせることにする。しっかりと面倒を見れば、卵はつぎつぎに孵《かえ》るだろう。狡賢いキツネにヒナの何羽かは食べられてしまうかもしれないが、残ったヒナを売ればブタ一匹は買えるはず。ブタを太らせるにはわずかな糠《ぬか》だけですむ。これを売れば、たんまりとお金が入る。その金で、今度は一匹の雌ウシと子ウシを買う。その子ウシがヒツジたちにまじって跳びはねるのを見るのはさぞや楽しいことだろう。

こうして空想は果てしなく、夢の中の儲け話はわらしべ長者のように次々につながっていって、いまやペレットはちょっとした金持ちになったつもりでいた。そして、それがあまりにうれしかったので、思わず跳びはねてしまった。

とたんに、頭に載せたミルク壺は地面に落ち、その瞬間に、百個の有精卵も、三羽のニワトリも、一匹のブタも、雌ウシと子ウシも、全部、消えてしまった。

ペレットは恨めしげにこぼれたミルクと壊れた壺を眺め、亭主に怒られることを覚悟した。ラ・フォンテーヌは言う。

「夢想にふけらない人がいるだろうか？　空想を楽しく描かない人がいるだろうか？人はみな、目を開けながら夢を見る。これほどに楽しいことはない。世界中の金銀財宝も、絶世の美女たちも、みんな自分のものになるのだ。ところが、何かのはずみでわれに返ってみれば、元の木阿弥。ただの惨めな人間がそこにいるだけだ」

「欲しい！」と思ったら、実現するシステムは幸せ？

さて、このペレットの寓話、現代にどう生かすべきだろうか？

まず、ラ・フォンテーヌの時代と現代の最大の相違は、夢想にふける人がいて、その人に夢想を実現できるだけの担保があれば、どこからかかならず「あなたの夢を私が実現するお手伝いをしましょう、ただし、ギャランティは払っていただきますが」と言ってくる欲望代理実行人が現れることである。

まず身近なところからいくとクレジット・カード、消費者金融、銀行ローン。これらは、ペレットがミルク壺に頭に載せた段階で、あるいはそれ以前に、そのミルクを担保に入れれば金を貸すから、早く夢想を実現するようにとせかす。ペレットが無事、牛乳を村の市場で売り終わったら、貸した金は金利と一緒に払ってもらえばいいというのだ。では、ペレットのように壺を落としてしまったら、どうなるのか？　もちろん、そのときには、強制的取り立てということになり、代金はペレットの亭主が払うか、それが難しかったら、亭主の所有する農地の強制売却ということになってしまうだろう。だが、欲望代理実行人は、この事実をペレットには伝えないことになっている。

このような「欲望の先取り的実現業」は、テレビ、インターネットというメディアで先の金融業と結びつくことでますます拡大の一途を辿っている。すなわち、テレビ通販、インターネット通販などである。「これ、欲しい！」と、現代のペレットが思ったとたん、即座に欲望は実現できるようなシステムが出来上がっているのである。

だが、いくらこうした欲望実現システムが完備したとしても、欲望したものを最終的に自分の所有とすることができるのは、担保（壷に入ったミルク）を失わずに、負債を完済した場合に限られる。これはペレットの時代から少しも変わっていないのだ。担保を持っているから大丈夫と確信していたとしても、アクシデントが絶対に起こらないという保証はどこにもない。

つまり、融資の実行から、返済完了までの間にアクシデントが起こって担保が消えてしまったり、あるいは担保割れしていたら、欲望の最終的実現は不可能になるということなのだが、欲望に駆られたペレットはそのアクシデントの可能性をできる限り少なく見積もる。さもなければ、少なく見積もるように仕向けられる。

この原理がいかに普遍的で不変であるかは、記憶にまだ新しいアメリカのサブ・プライム・ローンを参照するだけでいいだろう。

ペレットに当たるのはローン会社によって欲望をかきたてられた低所得の住宅購入希望者である。彼らはローンを組む資格がないのに、将来の住宅の値上がりという「ミルク」があるではないですかと、欲望代理人に焚きつけられ、すっかりその気になって欲望の前倒し実現に同意してしまったのである。

だが、助動詞 will の用法を示す英語の構文《Accidents will happen 事故は起きるもの》が教えるように、中古住宅の値上がりというミルクはあっけなくこぼれてしまい、家を手放さねばならなくなったのである。

というわけで、クレジット・カードやローンというものがまだ発明されていない時代に生きたペレットはまだ幸運だったと言える。

ミルクをこぼしてしまってもホームレスにならずにすんだのだから。

❖女占い師たち❖

「流行」は、流行るから流行る。

流行が、女占い師を見いだした

この世にはいろいろと不可解な現象があるが、流行ほど説明不可能なものはない。

もちろん、「流行の世相史」の類のように、流行が完全に終わってしまってから、その流行に表れた時代の無意識を読み解くという作業は十分に可能だ。つまり、いまになってみると、あの流行はあの時代の集団の無意識のなせるわざであり、次に来る激変の前兆になっていたというような解釈は成り立つのだが、分析が可能になるのはあくまで流行が「終わって」からであり、流行の「最中」ではない。しょせんは、結果を知ってから原因を探る類の「後知恵」にすぎないのである。

だから、流行は何かの弾み、偶然をきっかけにして起こるのであり、流行るから流行るんだというほかないということになる。

ラ・フォンテーヌも基本的にこの立場に立ち、「女占い師たち」という寓話の冒頭で次のように断言している。

「評判はしばし、偶然から生まれる。そして、この評判がいつも流行をつくりだすのである。この前置きの根拠として、あらゆる階層の人々を例として取りあげることができるだろう。つまり、すべては、思い込み、たくらみ、固執の結果であり、正当な理由などは全然ないか、あるいはほとんどないのだ。それは奔流のようなものであり、手の施しようがない。流れに任すほかはないのだ。これまでもそうだったし、これからもそうだろう」

お説ごもっともだが、しかし、ラ・フォンテーヌが例として挙げている女占い師たちの寓話をよく読むと、流行というものの本質が少しはわかってくるようにも思えるのだ。

ある女が占い師となって、パリで店を開いた。人々はあらゆることを女に相談した。やれ、アクセサリーをなくしたから場所を知りたい、やれ、自分には恋人ができるだろうか、亭主はまだこのさき長生きするのだろうかとか、いずれにしろ、かくあらまほしと願っていることを言ってもらうために女占い師のところに相談に出掛けたのである。

その占い師はなかなか抜け目ない女だったので、いささかの占い専門用語をまじえながら、ときに大胆に、ときにいきあたりばったりに運命を占った。たまたまそれが何度か当たったため、客は奇跡だと叫んだ。その結果、女占い師は、まったくの無知蒙昧であったが、その言葉は神託そのもののように扱われるようになった。

ところで、女占い師はひどいあばら屋に住んでいたのだが、商売が繁盛し、金も貯まったので、亭主のために官職を買ってやり、自分のためには新しい店と家を買った。かくて、元のあばら屋には、別の女が入居したが、すると、パリ中の人間が、この新しく入居した女のところに押し寄せ、前と同じように、自分たちの運勢を占ってくれと頼んだ。いつしか、あばら屋は巫女の洞窟となっていたのである。

前にいた女がこのあばら屋を神託の場所に変えていたのだ。新しく入居した女が「わたしは占い師じゃないの。ふざけないでよ。第一、わたしは字が読めないいんだから」と断っても無駄だった。言い訳は聞き入れられず、しかたなく女は占い、予言し、こころならずも、弁護士が二人かかっても稼げないようなたくさんの金貨をかき集めてしまった。

あばら屋の家具や飾りつけが効果を発揮したのだ。座りの悪い椅子が四脚、すりきれたほうきが一本置いてあるだけだったが、かえってそれがあばら屋を魔女の住処と思わせた。女が真実を語ったとしても、絨毯が敷き詰めてあるような立派な部屋では、だれも聞き入れることはなかっただろう。

流行はあばら屋に宿り、この場所が信用を生んだのである。

いっぽう、前の女の店は閑古鳥が鳴いていた。

看板で人は集まるのである。

裁判所で、みすぼらしい身なりの弁護士が大儲けをしているのを見たことがある。

みんな、すばらしい先生だと思い込み、弁護士のあとを追っていたのだ。

理由はだれにもわからない。

さて、この寓話からわかることはなんだろう?

流行には作者(オーサー)はいないということだ。寓話の教えるところは、流行は女占い師がつくったように見えながら、実際には、流行が勝手に女占い師を見いだし、そのあばら屋に居着いたということだ。

その証拠に、金を貯め込んだ女占い師が新しい店を構えても客が殺到することはなかった。反対に、新しく入居した女は占いなどできなかったが、客が押し寄せ、彼女を占い師に仕立ててしまった。看板さえあれば中身なんてどうでもいいのである。

流行には、作者がいない

同じような現象はいたるところで観察できる。

十九世紀のフランスで、ティムテ・トリムというコラム作者がくだけた文体を駆使して日刊紙『プチ・ジュルナル』のフロント・ページを執筆したところ、これが大評判を呼び、フィギュアがつくられるほどの人気者になった。すると、人気に目をつけた別の新聞社がティムテ・トリムを高額の契約金で引き抜き、新創刊の『グラン・ジュルナル』のフロント・ページを任せることにした。

で、結果はというと、ティムテ・トリムが移籍した『グラン・ジュルナル』は発行部数を増やせぬままに低迷し、あげくの果てに廃刊となり、ティムテ・トリムは尾羽打ち枯らして死んだ。

いっぽう、『プチ・ジュルナル』のほうは、ティムテ・トリムとそっくりの文体と口調でフロント・ページをつくり、「トマス・グリム」と署名した。購読者は変化にまったく気づかず、あいかわらず『プチ・ジュルナル』を定期購読しつづけたのである。

しばらく前にも、男性誌Lが「ちょい悪オヤジ」を売りにして大いに発行部数を伸ばしたことがある。編集長はみずから「ちょい悪オヤジ」と称してマスコミに登場し、いちやく時代の寵児となった。すると、別の出版社が編集長を引き抜き、似たようなコンセプトの男性誌を創刊した。

こうした場合、勝負はあらかじめついている。読者は男性誌Lを離れることなく、編集長がいなくなってもL誌を支持しつづけた。反対に、カリスマ編集長が移籍した男性誌は惨敗し、すぐに休刊となった。

ベストセラーの場合も同じである。新人が大ベストセラーを放ったとする。出版社はいっせいにこの新人作家に飛びつき、似たような本を書かせようとするが、たいていは失敗する。読者は、ベストセラーだからベストセラーを買ったのであり、極端にいえば作者の名前すら覚えていないのである。だから、ベストセラー作家がその後にいくらよい作品を書いたとしても、読者がつくはずはないのである。

繰り返すが、流行には作者（オーサー）は存在しない。オーサーと見えるものはたんに大衆によって偶然発見された存在にすぎず、大衆の集団的な無意識が物色の対象を移してしまえば、それでおしまいなのである。その後では、いくらオーサーが流行をつくりだそうと努めても、甲斐なき努力に終わるほかはない。

流行をつくることはだれにもできない。流行っているから流行っているのだという論理で、人為的に流行をつくりだし、それを本当の流行にしようと企てもダメである。

個々人の意識と集団の無意識のつながりのメカニズムは、電脳時代になっても、永遠に解明できない謎なのである。

❖女性と秘密❖

人間は、「絶対機密」となると、しゃべらずにはいられない。

「絶対に誰にも言わないなら、話してあげる……」

ツイッターやフェイスブックなどを覗くと、「拡散希望！」というマークがついて

いることがある。なんと愚かなことか！

「拡散希望！」という要請に応えて、自分の得にもならないのに、情報を拡散させてやる馬鹿がどこにいるだろうか？　人間心理への洞察を欠いたマークというほかはない。

もし、本当に拡散を希望しているのであれば、むしろ「絶対秘密厳守！」と記すべきである。ツイッターやフェイスブックに「絶対秘密厳守！」というのも変なものだが、少なくとも「拡散希望！」よりは実際の拡散が多いことは間違いない。「絶対秘密厳守！」を見ただけで人は本能的に情報を拡散したくなるものなのだ。

この不思議な心理をうまく物語っているのが、ラ・フォンテーヌの『寓話』の「女性と秘密」である。

寓話は次の言葉から始まる。

「秘密ほど心の重荷になるものはない。とりわけ、御婦人方がこの重荷に耐えることはむずかしい。いや、女性に限らない。同じように重荷に耐えられない男性をいくらも知っている」

あるところに、自分の女房の口が軽いのではないかと疑っている亭主がいた。亭主は、女房をためすために一計を案じ、ある晩、一緒にベッドで寝ているときに、もぞもぞと体を動かし始め、こう叫んでみることにした。

「たっ、大変だ。もう、これ以上我慢できない。うーん、体が裂ける」

そして、その言葉と同時に「ポン！」という擬態語を発し、勢いよく布団をはねのけてみせた。

「なっ、なんとしたことだ！　わたしは卵を産んだんだ！」

「えっ、卵を？」

「そう、その通り。見てみろ。産みたての新しい卵だ！」

そして、驚いている女房に向かって、言い含めるようにつぶやいた。

「いいか、絶対にこのことを人に話したりしてはいかんぞ。もし、人に知れたら、わたしはメンドリだと言われることになる。とにかく、絶対にしゃべってはいかん」

こうしたことに関してはまったく知識のない女房は素直に信じて、神かけてしゃべらないと誓った。

だが、その誓いは、朝になり、夜の闇が消えるのと同時に消え去った。

およそ、慎みということを知らず、デリケートなところの一切ない女房は、朝になったかと思うと、もうベッドを飛び出して、隣の奥さんのところに駆けつけ、開口一番、こう言った。

「奥さん、昨日、大変なことが起こったのよ」

そして、隣の奥さんが興味を示すと、いきなりクギを刺した。

「ただね、このことをだれにも言わないって約束してくれる？　もし、あなたが人にしゃべったりしたら、あたし亭主にぶたれるから」

「うん、うん、約束するわ。絶対にしゃべったりしないわ」

「あのね、うちの亭主がね、鶏の卵四つ分もあるくらいの大きな卵を産んだのよ。お願い、絶対に、絶対にこの秘密を人にしゃべったりしないでね」

「あんた、わたしをだれだと思ってるの。馬鹿にしないでよ。わたしという人間をよく知らないのね。さあ、行きなさい、なんにも心配はいらないから」

卵を産んだ男の女房はすっかりいい気分になって家に戻っていったが、そのうち、だれか別の人間にもニュースを話したくなってきた。そこで、十か所以上のところに出掛けてニュースを自分で「拡散」していった。話しているうちに、卵は一個ではなく三つになっていた。

いっぽう、最初にニュースを聞いた隣の女も負けじと、拡散に協力した。こちらの女の話では卵は四個ということになっていた。隣の女は、話をするとき、相手の耳元でささやくようにしたが、じつをいうと、もうこの配慮は必要なくなっていた。秘密でもなんでもなく、みんな知っていたからである。

伝言ゲームのおかげで、卵の数はどんどん増えていった。その日が暮れるまでには、百以上になっていたのだ。

秘密暴露は人間の本能

この寓話のポイントがどこにあるかおわかりだろうか？

それは、ラ・フォンテーヌが冒頭で述べているように、人間はどんなに真実味を欠いた内容でも、ひとたび「絶対機密」の封印が貼られると、秘守義務を重荷と感じ、どうしてもそこから逃れたくなるということである。王様の耳はロバの耳と同じである。

ではいったい、この「秘守義務を重荷と感じる」という人間の心理はどこから来ているのだろうか？

言語によるコミュニケーションを運命づけられた人間の本質による。

進化により、脳の一部が変化して言語能力を身につけた人間は、どんな状況においてもこの新しく獲得した機能を使いたくてたまらなくなったに違いない。

そして、これを必要以上に、つまり情報伝達の用途を逸脱して使っているうちに、今度は、その逸脱した使用法、つまり、ただのおしゃべりの快楽に目覚めてしまったのだ。おしゃべりは楽しく、しゃべっていること自体に喜びが存在するのである。

そして各人が、それぞれの会話参加者が自由に会話を続けているうちに、同じおしゃべりでもおのずと優劣というものがついてくる。つまり巧みにしゃべれる者とそうでない者との格差が広がったのである。やがて、巧みにしゃべる者はその巧みさによって人々から人気と尊敬を集めるようになる。「叙事詩人」の誕生である。近代になると、この叙事詩人から小説家が生まれてくることになる。

しかし、その一方で、トークはかならずしもうまくはないが、トークの快楽は味わいたいと思う者がいた。これらの人は、自分のトークに人々が耳を傾け、うなずいたり、驚いたりしてくれることに喜びを感ずるのであり、この点においては元祖・叙事詩人と少しも変わらない。だが、巧みではない。

そんな場合、どうしたら、人々の注目を集めることができるだろうか？

知られざる事実の暴露、これである。

もし、おしゃべりに加わっている人のだれも知らない事実を新しく披露することができたなら、その人はそれだけで仲間よりも優位なポジションに立って「ドーダ、まいったか！」と威張ることができる。仲間たちの「ホーッ」とか「本当？」「ウソッ！」「マジッ？」といった反応を見ることが快楽を引き起こすのである。

しかも、この「新事実暴露ドーダ」トークというものは、才能の有無に関係なく、ある意味、「万人に開かれて」いる。新しい事実を知った者はそれを暴露するだけでドーダができるからである。

人類がコミュニケーション能力を獲得したとき、この「新事実暴露ドーダ」は人類にかつてないような快楽を与えたに違いない。その快楽は無意識のうちに脳にフィードバックされて、人類に事実探求、真実究明の欲望を与えたのだろう。そのあげく、人類は哲学や実証科学を発明するに至ったのだ。このあたりの事情についてパスカルは次のように言っている。

「たいていの場合、人が何かを知ろうとするのは、それを話すためでしかない。さもなければ、人は航海などしないだろう。知り得たことについて話してはいけないという決まりになっていて、ただ見る楽しみしかなく、未来永劫、人に伝える希望がなかったら、そもそも人は旅に出たりしないのだ」(『パンセ』拙訳)

そうなのである。真実を、あるいは新しい事実を知ったから、それを人に話したくなり、未来に伝えるために書き残したくなるように見えるが、実際は、話したり、書き残したりして人にドーダしたいという強烈なドーダ願望が先にあるからこそ、人は事実探求の旅に出たり、真実の究明に乗り出したいと思うのである。事実探求や真実究明がもとから脳にインプットされているわけではなく、すべてドーダに奉仕するためだったのである。

この意味では、亭主が卵を産んだことをしゃべりたくなった女房も、偉大なる科学的発明を成し遂げたと喜びいさんで記者会見に臨む科学者も選ぶところはないのである。

よって、次のように結論することができる。

人間にドーダがある限り、秘密の保持はむずかしい。秘密暴露は人間の条件と深く結びついた本能であると。

❖クモとツバメ❖

世の中には、それぞれの身分に応じて、二つのテーブルが用意されている。

共存なしでは、やっていけない

ここ数十年の流通の進化というものは、いわゆる中抜き、つまり中間的卸売業者の排除であったと結論づけることができる。わたしは横浜の貧乏酒屋の息子なので、スー

パーマーケットが誕生したときに、零細な小売業者が感じた恐怖をはっきりと記憶している。問屋を通さずに直接、生産者から買いつけるスーパーマーケットに小売業者が太刀打ちできるわけはない。それでも最初のうちは大型小売店を規制する法などがあり、零細小売業者も多少は保護されていたのだが、次第にそれも骨抜きになり、小さな小売店はほぼ壊滅した。同時に卸問屋も消滅した。

やがて、インターネットが普及すると、問屋も小売業も中抜きした「生産者から直接消費者へ」という直販システムが完成したが、それで生活が便利になったかというと、実態はむしろその逆で、近所にコンビニがない地域は陸の孤島として孤立するしかない。

中抜きの弊害はまだほかにもある。中抜きがなかった時代には、村や町という人間の集団があれば、それに奉仕するための小売業の集団、つまり商店街が存在し、最低でも十数所帯が生計を営むことができた。また、もう少し広い地域には、問屋があり、従業員に生活の糧を与えていたのである。中抜きによって、これらすべての職業が消滅し、同時に生活の糧も消えたのである。果たして、これを進歩と呼んでいいのだろうか？

ラ・フォンテーヌの「クモとツバメ」はこうした中抜きされる者の悲劇を描いた寓話である。

クモがギリシャ神話のゼウスに向かって、盛んにツバメに対する苦情を述べていた。ツバメはハエが網にかかろうとする寸前に捕まえてさらっていくというのである。ツバメがいさえしなければ、ハエは自分のものになったのにと文句を言っているのだ。しかし、ツバメにも食べさせなければならないヒナがいたので、横取りは日常的になった。おかげで、クモは痩せこけて、頭と足だけになったが、そのうちに、哀れ、ツバメによって網ごとさらわれてしまったのである。

ラ・フォンテーヌの結論はこうである。

世の中には二つのテーブルが用意されている。一つは、器用な者、目はしの利く者、強い者のテーブル。もう一つは、それ以外の者のテーブル。第一のテーブルで余ったものを第二のテーブルの者が全員で分け合う。

この伝でいくと、第一のテーブルに座るのは、中抜きに成功した大規模小売業者とそれのサプライヤーである大規模生産業者だけで、残りの全員、すなわち、小売業者、問屋、それに消費者は第二のテーブルでお余りを分け合うしかないということになるが、果たしてそうだろうか？

というのも、大規模小売りや大規模生産を成功させるには膨大な投資が必要になるからだ。ネット社会になってもそれは変わらない。

ところで、日本は今後、人類が経験したことのないような超高齢化社会に突入し、人口減少社会に向かっていくから、大規模な投資は常に過剰投資となる恐れがある。毎年、人口動態が変化して需要が減っていくのだから、先を見通して設備投資計画を立てることができなくなるのである。

現在、過剰投資に苦しんでいるのはシャープ、東芝といった大規模生産業者だけだが、いずれ、影響は大規模小売り業者に及ぶにちがいない。投資をしても回収できるだけの人口がないからである。

そうなったら、どうなるのか？

考えられる可能性の第一は世界規模の投資を行うことのできる超大規模生産業者と

超大規模小売業者が日本のマーケットを支配するというものだが、このシナリオには疑問符がつく。年々縮小していくマーケットに投資をするだろうかということだ。資本は拡大が予想されるマーケットに投下するというのが原則だからである。

では、もう一つの可能性はなんだろう?

それは縮小マーケットゆえに撤退した超大規模生産業者と超大規模小売業者に代わって、地域限定ゆえに巨大投資の必要のない小規模生産業者と問屋および小売業者が復活するというシナリオだ。ひとことで言えば昭和三十年代の社会構造が再来するということである。ただし、バラ色の未来ではない。衣食住のうち住を除く部門の値段は非常に高くなるだろう。中国やミャンマーの低賃金労働者ではなく、隣近所の人がつくる服や食品を買うことになるのだから。その代わり、就職口は確実に増えるはずだ。となったら、最終的な問題である人口にも光は射してくるに違いない。

かくて、結論。ツバメがクモにもハエを残してやって、共存を図るのがいい社会なのである。

第5章

「狡く」なければ生きていけない

❖ウマとロバ❖

困っている人がいたら助けよう。それが、自分を助けることになる。

「助けてください……」

最近、歴史学で使われるようになった用語の一つに外部性（エクスタナリティ）と

いう言葉がある。本来は経済学の用語で、ある経済主体の意思決定が他の経済主体に影響を及ぼすことを指すが、近年はもう少し広い意味に使われていて、公害や環境汚染のような、主体が意識せずに行った意思決定が当人も含めた外部に影響を及ぼすことを意味するようになっている。

ラ・フォンテーヌの「ウマとロバ」という寓話はまさにこの外部性を説明するためにつくられたような話である。

あるロバが、根性悪のウマと一緒に歩いていた。ウマは馬具をつけられているだけだったが、哀れなロバはその上に重い荷物まで背負わされていたため、すっかり参ってしまった。そこで、ウマに向かって、少し助けてくれないかと頼んだ。さもないと、町に着く前に死んでしまうかもしれないと言って。

「こうやってお願いしても、図々しいというのには当たりません。わたしの背負っている荷物を半分運んでくれても、あなたにとってはまだ遊んでいるようなものでしょう」

しかし、ウマは根性悪だったので、ロバの願いに耳を塞いだ。すると、ロバは重荷に耐え切れず、死んでしまった。

その結果、どうなったか？

ウマはすぐに自分の間違いを知ることとなる。ロバが死んだので、ロバが背負っていた重い荷物を背負わされたばかりか、ロバの死体から剥いだ皮まで運ばされることとなったのである。

さて、この寓話から外部性に関するいかなる教訓を引き出すことができるだろう？経済主体の意思決定というのは、この場合、ウマがロバの願いを無視して、荷物を半分持ってやらなかったことを指す。ウマは自分勝手なので、ロバの重荷を半分といえども担ぐのはまっぴら御免だと判断したのだ。

その結果、生じた第一の外部性とはロバの死である。一人の独善的な意思決定が、もう一人の死を招いたのだ。

ところが、外部性はそれだけでは終わらなかった。いわば第二の外部性ともいうべきものが第一の外部性から派生して、ウマはロバの背負っていた荷物を全部背中に乗せられたばかりか、ロバの皮の分まで運ばされるはめに陥ったのである。

「助ければよかった」。後悔しても、もう遅い

さて、この寓話を現代に応用するとどうなるのか?

富の再配分についての教訓になるだろう。

たとえば、アメリカのように、人口の一パーセントにすぎない富者が富の半分近くを独占して、貧者には何もやらないような社会があったとする。

貧者の飢餓という第一の外部性だけですんだとすれば、こうした富の片寄りがあっても社会の大変動(つまり革命や暴動)は起きないかもしれない。

だが、貧者が劣悪な環境に追い込まれたために、そこから、新しい伝染病という第二の外部性が生じたとしたらどうだろう。貧者は当然、バタバタと死ぬだろう。しかし、伝染病というのは貧者と富者を区別しないから、伝染病に感染して死に至る富者も出てくるはずだ。そうなったら、富者がいくら金を費やしてワクチンの開発を促しても、もう後の祭りである。

問題をアメリカ一国に限定せず、スケールを世界に広げてみると、その予想はより

正しいことがわかる。アフリカやアジアの最貧国のスラムで発生した疫病はあっというまに国境を超え、世界中に拡散すると考えられるからである。

同じことは環境汚染についてもいえる。われわれは現在、石炭を主なエネルギー源として使用する中国の大気汚染に迷惑を被り、PM2・5が飛来してくると顔をしかめている。

しかし、中国のためにPM2・5対策を「無償」で行ってやろうなどとは決して言い出したりしないだろう。そんなことをすれば、ただでさえ反中的になっている世論は、中国の経済発展を助けるために日本国民の血税を使うなと怒り狂うに決まっているからだ。

すべての原因は中国が経済発展第一主義で、公害対策をしてこなかったことにあるとし、自業自得だと嘲笑するのが関の山だ。だが、やがてPM2・5の被害が拡大して、そんな自分勝手なことを言っていられなくなる日が来るに違いない。

そのときに、あのウマのように「ああ、あのとき助けてやればよかった。そうしたら、日本中がPM2・5で覆われることもなかっただろうに」と後悔したとしても、もう遅いのである。
ロバが困っているなら助けよう。自分を助けるために。

❖靴直しと金融家❖

大金を手にしたとたん、陽気な気分は消えうせる。

「返してください。歌と眠りを」

アメリカは格差社会である。

アメリカは銃社会である。

アメリカは格差社会であるがゆえに銃社会である。

アメリカは格差社会であることをやめることはできない。

アメリカは銃社会であることをやめることはできない。

アメリカは格差社会であることをやめることができないがゆえに銃社会をやめることはできない。


さて、アメリカを題材に三段論法の練習のような命題を並べてみたが、ラ・フォンテーヌを読んでいると、アメリカとまったく関係ないにもかかわらず、こうした「アメリカ問題」を解き明かすような寓話を見いだすことができる。「靴直しと金融家」という寓話である。

あるところに靴直しで生計を立てている貧しい男がいた。男は朝から晩まで楽しげに歌を歌っていた。その姿は見ているだけで楽しげだ、またその歌声は聞いているだけで楽しくなるものだった。実際、彼は歌っているとき七人の賢者よりも満ち足りた表情をしていた。

　彼の隣には大邸宅があり、金融家が住んでいた。ありあまる金がありながら、金融家は歌を歌うことなど絶えてなく、夜、眠ることもできなかった。泥棒に入られるのではないかと、心配で心配でたまらなかったからだ。

　夜明け近くなって、ようやくまどろみが襲ってきたかと思うと、隣から靴直しが歌う声が聞こえてきたため、また目をさましてしまうのだった。

　金融家は、食べ物や飲み物と同じように眠りもマーケットで売っているなら買いたいと考え、邸宅に靴直しを呼び、こんなふうに尋ねた。

「ねえ、きみ、グレゴワール君といったかね。きみはいったい年にどれくらい稼いでいるのかね？」

「年に、ですか？　さあ、そんな風に数えたことがありませんのでよくわかりません。なぜって、毎日、毎日、その日その日の稼ぎだけでパンを買っているんですから、年にいくらなんて言われてもわかりません」

「そうか、なら一日にいくら稼ぐのかね？」

「まあ、多いこともないこともありますよ。困るのは、一年のうちに祭日ってものがあって、その日は休まなくっちゃいけないことですね。祭日があると、あたしら、食い上げですわ。ある人が楽しむと、ほかの者は楽しみを取り上げられるってわけでさ」

金融家は靴直しのそんな理屈を聞き流し、いきなり言った。

「よし、今日は、ひとつ、あんたを王様のような気分にしてやることにしよう。さあ、ここに一〇〇エキュ（三〇〇フラン）あるから取りなさい。大切にしまっておいて、どうしても必要になったら使うといい」

靴直しは、人々に使わせるために天がつくりだしたもうた金のすべてがそこにあるように感じたので、家に戻ると、ぜったいに見つからないような穴ぐらの中にその金をしまいこんだ。

ところが、そのとたん、陽気な気分は消えうせ、同時に、歌も口をついて出なくなった。金は苦しみの種。それを手に入れた瞬間から、靴直しは声を失くしてしまったのだ。それとともに、眠りも彼の元を去った。入れ替わりに、金を盗まれるのではないかという不安が入りこんで来た。一日中、警戒の目を光らせ、耳をそばだてていた。夜になり、どこかでネコが音を立てると、すわ、泥棒か、いやネコも金を盗むのではないか、と不安になり、結局、一晩中眠れなかった。

翌朝、歌が聞こえなくなったおかげでぐっすりと眠ることにできた金融家の屋敷に駆けつけると、開口一番、こう言った。

「返してください、あたしの歌と眠りを！　どうか、この旦那の一〇〇エキュをお納めください！」

持てる者が「格差社会」で安眠するためには、銃が必要になる

さて、これで少しはご理解いただけたのではないか。

ようするに、アメリカというのは、この靴直しと金融家だけからなっている超格差社会の国なのだということだ。中間階層がほとんどいなくなっている、人口の一パーセントを占める金融家と九九パーセントの靴直しだけの国なのである。

より正確に言うと、金融家に奉仕する「少し金持ちの靴直し」が九パーセントほどいるから、本当に貧乏な靴直しは九〇パーセントかもしれないが、いずれにしろ、金融家と靴直ししかいない国であることに変わりはない。

アメリカでは、金融家は、お金と命が心配で夜も眠れない。そのために銃を買い集め、それでも眠れないので靴直しの中から屈強な男をガードマンとして雇い銃を与えている。

ところが理の当然として、銃を与えられてガードマンとなった靴直しの一部は、金融家を「守る」ためではなく、彼らから「金を奪う」ために銃を使う強盗に変身する。そうなると、金融家は自分の雇ったガードマンから身を守るため、別のガードマンを新たに雇い入れるが、それでも不安なので……、というように、金融家に雇われて銃を与えられる靴直しの数がどんどん増えていく。

これが九パーセントの「少し金持ちの靴直し」の実態である。そして、その「少し金持ちの靴直し」も自分たちのお金が心配になり……。

このように、最初、銃は金融家のような「持てる者」によって所有されるが、永遠に銃が金融家サイドだけにとどまっているという保証はありえず、銃の相当数が靴直しの間に広まるから、金融家と靴直しの間で銃の所持合戦が始まる。

金融家の本音は、銃を所持する権利を保証した合衆国憲法修正条項を改正して、銃は金融家およびガードマンだけが所持し、靴直しには与えないようにしたいところだが、それを口外したのでは差別主義者にされてしまうから、しかたなしに靴直しにも銃の所持を認めているというのが実情だ。その結果、靴直したちが銃を持っているという恐怖は金融家たちにさらに重武装を強いることになり……。

ことほどさように、銃社会というのは、富の偏在が起こって、「持てる者」と「持たざる者」の間に格差が広がったときに「持てる者」の安眠を保証するために誕生したものなのである。

そもそも、アメリカという国は、その誕生の時点から格差が拡大するようなメンタリティを有していた。つまり「持てる者は努力の褒賞としてすべてを取っていい。持たざる者には何もやるな」という考え方が国是なので、格差は広く容認されている。

かくて金と安眠と銃がセットになり、悪循環を開始してグルグルと回転して円を描きながら拡大してゆくから、銃を取り除く法律などは永遠にできないような構造になっているのである。

さて、翻って日本を眺めてみるとどうだろう。アベノミクスは総選挙で承認を受け、日本は格差を是認する社会に大きく踏み出した。「一億、総中流」の社会からアメリカ型の格差社会への変貌が開始されたのである。

となると、金融家たちの安眠確保のために、いつ銃の所持が合法化されるかわからない。究極的には、銃以外に金融家たちの安眠を保証してくれるものはこの世にはないからである。

アベノミクスが長引く以上、とりあえず警備会社の株を買っておけというのが、少し知恵のある靴直しの反応ではないだろうか？

寓話の力

大民衆を動かすのは「論理」でなく、「物語」の力だ。

なぜ、利益を求めながら、不利益なほうに投票するのか？

年をとると賢くなるというのは大嘘である。しかし、「賢くなる」という言葉を「自

己利益に敏感になる」という意味で捉えるなら、必ずしも的を外してはいない。

現に、五十年近く前には、自己変革を叫んで社会改革に走った団塊の世代（わたしもその一員だ）も、年金受給資格を得たとなると、年金を減らすような政策には断固反対するようになる。少なくとも、自己利益を「正しく」最優先するとするならば……。

ところが、年末の衆議院議員選挙の結果を見る限り、どうもそうではないらしい。論理的に考えれば、自己利益を「正しく」最優先しているとはとうてい思えないからだ。

しかし、この問題を考えるには、まず「論理的」に考えるとはどういうことなのかを考えてみなくてはならない。

年金受給者となった団塊の世代が一番に恐れなくてはならないのは、年金の実質的目減りである。年金というのは、多少の物価連動スライド制ではあっても、基本的には支給金額は変わらないものなのだ。

よって、年金世代が一番恐れなくてはならないのはインフレということになる。反対におおいに歓迎すべきはデフレである。デフレになって、物価が下落し、年金による購買力が増えるのが最も好ましい事態である。

したがって、バブル崩壊に起因する「失われた二〇年」は年金世代にとっては「黄金の二〇年」であった。二〇年前には三八〇円だった牛丼が三〇〇円になったのだから、こんなにありがたいことはないのだ。

したがって、「論理的」には、インフレ誘導の党派には「×」、デフレ誘導の党派には「〇」が年金世代の取るべき投票行動となる。

ところが、である。安倍首相が主張するアベノミクスというのはインフレ目標年二パーセントというのだから明らかにインフレ誘導政策なのだが、なぜかこれが年金世代から強く支持されたのである。吉野家ホールディングスは牛丼を三〇〇円から三八〇円に値上げすると発表したが、これはアベノミクスが一定程度成功してトレンドがインフレに向かっていることの証拠である。この指標一つ取っても、年金世代が安倍政権を支持すべき「論理的」な理由はどこにもないはずだが、実際には、圧倒的な信任を得たのである。どうにも不可解というほかない。

それればかりではない。多くの経済学者が主張しているように、アベノミクスを成功させるために財政出動を繰り返して国債を大量発行しつづければ、いずれハイパーインフレが到来し、物価が数倍、数十倍、いや数百倍にまで上昇し、ついにデノミで新円発行となって、年金世代は年金ばかりか蓄えた財産のすべてを失うことになりかねない。

だから、年金世代は年金確保を目的とする国債発行以外には厳しく目を光らせなければならないはずだ。ところが投票行動によりアベノミクスに評価を与えたのだから、年金世代が「論理的」に考えたすえに投票を行ったのではないということになる。

ではいったい、何ゆえに、このような選挙結果になったのか?

それを説明してくれるのが、ラ・フォンテーヌの『寓話』の「寓話の力」である。

民衆を惹きつけ、動かすものは……

ラ・フォンテーヌは新たな英仏戦争の回避に尽力した駐仏イギリス大使バリヨン氏に捧げたこの寓話で、政治家や言論人が雄弁だけで政策を説こうとして寓話の力を無視する姿勢を次のように批判している。

昔、アテネに一人の雄弁家がいた。その雄弁家は祖国が存亡の危機にさらされているのを見て、居ても立ってもいられなくなり、演壇に駆け登ると、有無を言わせぬ迫力で軽薄な国民に訴えかけ、国事関心に向けようとした。

ところが、誰一人として、雄弁家の言葉に耳を傾けようとする者はいなかった。

そこで、雄弁家はどれほど呑気な人でも奮起させずにはおかない強烈なレトリックに訴え、死者をして語らしめ、叫び、怒鳴り、絶叫し、言いうることはすべて言った。だが、彼の言葉のすべては風によって運び去られ、誰一人として心を揺さぶられる者は現れなかった。

空っぽの頭ばかりが無数にある怪獣のごとき民衆は、雄弁家の言葉にはまったく注意を向けなかったのである。演説などそっちのけで子供のケンカに気を取られている者さえいた。

そこで、雄弁家は方針を変えることにした。

「さて、ケレスは」と雄弁家は農業の女神ケレスを主人公に仕立てた寓話を話しはじめた。「あるとき、ウナギとツバメを連れて旅に出ることにした。大きな川が彼らの行く手を遮った。そこで、ウナギは泳いで川を渡り、ツバメは空中を飛んですぐに川を越えた……」

雄弁家がここまで話すと、聴衆はいっせいに口をそろえて叫んだ。「で、ケレスはどうしたんだ？　どうやって川を渡ったんだ？」

この聴衆の言葉を聞いた雄弁家は、おもむろに口を開いた。

「なんだって？　ケレスはどうしたんだ、ときみたちは尋ねるのか？　ようし、それならば教えてやろうじゃないか。ケレスはな、もう本当に、心の底から怒り狂って叫んだんだ。《なんたることか、ケレスの民は、国のことより、御伽噺の続きを聞きたがっているのか！》とな」

そして、雄弁家はようやく自分の声に耳を傾けた民衆に向かって言い放った。

「そうなんだ、きみたち民衆は、いまこの国を脅かしている重大な危険についてはまるっきり無関心でいるじゃないか！　ギリシャ人の中できみたちだけだぞ、関心がないのは。なぜきみたちは、マケドニアのフィリッポスがいま何をしようとしているのかと尋ねないんだ？」

この直接の非難を聞いて、聴衆は初めて目を覚ました。まさに寓話のおかげである。そして、本気になって雄弁家の言葉に耳を傾けるようになった。

ことほどさように、アテネの民も同じで、われわれも政治の話には無関心で、例えば人気のある「ロバの皮」の寓話が出てきたときに初めて話に注意を向けることとなるだろう。

そう、たしかに世界は老いている。人の言うとおりである。しかし、たとえ老いていても、人は子供のようにお話が好きなものなのだ。だから、政治家は自分の主張を聞いてもらいたかったら、聴衆をお話で楽しませてやらなければならないのだ。

さて、この寓話の言わんとしていることがおわかりだろう。

政治家が論理的に理路整然と政策を説くのは正しい。しかし、正しいが、それでは民衆はだれも耳を傾けてくれない。よって、理論的には正しくとも、「政治的」には正しくないということになる。民衆が傾聴しようとせず、投票してくれない政策は無に等しく、なんの効果ももたらさないからだ。

つまり、政治学の論文と政治家の言葉はまったく価値判断の基準が異なるのである。政治家の言葉は民衆に聞かれることで初めて意味を持つのだ。

では、政治家は雄弁とレトリックをもってすれば、それで十分かといえば、それも正しくない。聴衆は政治家がいくら雄弁やレトリックを駆使しようと、なんの関心も持たないからだ。

では何が必要なのか？　寓話、現代的に言い換えれば「物語」の力である。「物語」をつくりだす才能のない政治家はいくら「論理的には」正しくても、永遠に「政治家としては」正しくないのである。

しかし、「物語」の創作まで政治家に期待するのはいかにも酷である。

そこで、アメリカでは、この政治家と「物語」のつくり手（つまりスピーチ・ライター）を分けることにした。政治家から政策と方針を聞いて、それをスピーチ・ライターが巧みな「物語」に仕立てて、民衆に聞いてもらえるように工夫しているのである。

残念ながら、日本ではこうした分業がまだ進んでいない。

よって、もし、わたしが万年野党に堕した民主党（現・民進党）の再建を任されるとしたら、このスピーチ・ライターの育成から始めるだろう。正しい政治家とは、「物語」を語り、民衆に「正しく」スピーチを聞いてもらえる政治家なのだから。

ラ・フォンテーヌの言うように、たしかに世界は老いている。だが、有権者である年寄りたちはあいかわらず、子供のようにお話が好きなのだ。

「ねえ、教えてよ、続きはどうなったの?」

物語で民衆の興味を惹きつけることのできる政治家、それが「正しい政治家」ということになるのである。

しかし、それにしても、民進党にも自民党にも「正しい政治家」がいない昨今である。

❖太守と商人❖

微力な複数の君主の支援を受けるより強大な一人の帝王に頼るほうがましだ。

小型のイヌを三匹飼ったほうが、ずっと安上がり……

ヨーロッパの特徴は、それぞれ、国土の大きさも国民性も異なる国々が数多く集まっているところだろう。そのため、合従連衡が生じ、保護と被保護、同盟と敵対といっ

た関係が成立したのである。

ラ・フォンテーヌの『寓話』でも「太守と商人」で、こうした保護と被保護についての教訓が語られている。

ある地方に、トルコの太守（パシャ）に後盾になってもらって手広く商売しているギリシャ人の商人がいた。もちろん、ギリシャ人の商人はしかるべき「みかじめ料」を払っていたが、あまりにも「みかじめ料」が高いので、なんとかならないかと思っていたところ、パシャほど権力はないが、そこそこに力のある三人のトルコ人が現れて、三人共同で保護を与えようと申し出た。もちろん三人合わせても「みかじめ料」はパシャ一人分よりも安い。ギリシャ人の商人はおおいに心を動かされ、保護者を替えようかと思い始めた。

すると、彼らの策動を知った人がパシャに御注進に及んだ。

「気をつけたほうがいいですよ。早いうちに手を打っておかないと、奴らに先を越されますよ。このあたりには、あなたに恨みを抱いている連中が少なからずいますから、奴らはそうした連中をまとめあげるかもしれない。先手を打って、天国にいらっしゃるムハンマド様のところに使いにやらせたらいいんじゃないですか？　そうしないと、あなたはいずれ一服盛られてあの世行きかもしれない……」云々。

パシャはこの忠告をしっかりと聞いた。

そして、ギリシャ人の商人のところに出掛けて食卓につくと、「友よ」と呼びかけて、一つのたとえ話を語り始めた。

「あるところに、一人の羊飼いと一匹のイヌとヒツジの群れがいた。だれかが羊飼いに向かってこう言った。

『あなたのところのイヌはパンの塊を丸ごと食べてしまう大飯食らいですね。こんな不経済なイヌは村の領主にやってしまって、小型のイヌを三匹飼ったほうがいいんじゃないですか？　食費はそのほうが安くすむし、ヒツジの群を見張るのに三匹のほうが効率的です。しかも、オオカミが襲ってきたときに、イヌ一匹じゃ太刀打ちできないでしょう』

羊飼いはもっともだと思い、大きな一匹のイヌを手放し、三匹のイヌを買い入れた。

たしかに、その三匹のイヌの食費は前よりも安くすんだが、ヒツジの群れの監視はうまくいかなかった。イヌたちがオオカミに襲われるのではないかと恐れているため、ヒツジたちも安心して草を食むことができないからだ。

さあ、どうだろう、きみはたぶんこの羊飼いと同じようになるだろう。三人のトルコ人を選ぶのはきみの勝手だが、その結果は目に見えている。よーく考えてから行動することだな。わたしとしては、きみが戻ってくることを期待しているよ」

ギリシャ人は深く納得して、パシャの言うとおりにしたという。

ラ・フォンテーヌの与える教訓は次のとおりである。

「小さな国々はこれから学ばなければならない。すべてを考慮してみるならば、強大な一人の帝王に頼るほうが、微力な複数の君主の支援を受けるよりもましだということを」

この寓話は、いろいろな問題を考えるためのヒントとなる。

超大国の属国か？　弱小国の集団自衛体制か？

たとえば、超大国の属国となるべきか、それとも弱小国同士の集団的自衛体制に加わるべきかという選択である。

日本はすでに選択を行っている。敗戦以後、アメリカという超大国の属国となる道を選んだからである。戦争にボロ負けした以上、他に選びようのない選択であった。選択肢は一つしかなかったのである。

ただし、属国になった割には、なかなかうまく立ち回ったと言っていい。アメリカから「押しつけられた」平和憲法をありがたく押し戴いたおかげで、アメリカが戦後に行った朝鮮戦争、ベトナム戦争、湾岸戦争、アフガン戦争、イラク戦争に軍隊を派遣しないですんだからだ。もし、アメリカの戦後処理の方針が「平和憲法なしの属国化」だったとしたら、ソ連の属国となった東欧諸国がワルシャワ条約機構軍の一員としてハンガリー動乱や「プラハの春」の鎮圧に軍隊を差し向けたのと同じことをしなければならなかったはずだ。そして、朝鮮や韓国、ベトナム、アフガニスタン、イラクなどから恨まれたに違いない。

つまり、「平和憲法付きの属国化」というアメリカの犯した重大な「失策」のおかげで、日本は「自ら望んだわけではない戦争」に加わらないという望外の幸運を味わうことができたのである。この意味で、戦後の日本ほどラッキーな国はない。

おそらくアメリカは、日本が二度と潜在的敵国にならないように平和憲法を押しつけたのだろうが、日本はこの露骨な意図を自らの意思として選びとったふりをすることで巧みに振るまったのである。

ところが、ここに来て、日本政府は「平和憲法付きの属国化」という最高に「おいしい」選択肢ではなく、「平和憲法なし」の「非属国化」という選択を考え始めたのである。

もちろん、この路線変更にはいろいろと理由がある。

一つは冷戦の終結で、アメリカが超・超大国になったはいいが、調子に乗り過ぎてイラク戦争という「世紀の愚挙」を犯してしまい、明らかに国力の減退を見ていること。とりわけオバマ政権下では、国内政治に専念せざるをえなくなり、日本を「平和憲法付きの属国」として永遠に保護してやることはできなくなったのである。

もう一つは、日本が、「みかじめ料」として米軍に基地を提供しているのに、アメリカがその「みかじめ料」に見合った保護者の役割を果たしてくれるのかどうか疑問に感じ始めたこと。冷戦時代には、ソ連というはっきりした敵があったので、アメリカは対抗上、保護者としての役割を果たさなければならなかったが、ソ連が崩壊したことで保護者としての熱意が冷めたのである。中国が新しい脅威として台頭しつつあるが、アメリカはこれに対してどう振る舞ったらいいか判断しかねている。そのために、保護者としてはいま一つ腰が引けているのである。

その結果、日本は、アメリカが「みかじめ料」の分だけ働かないなら、自分で自分の保護者となると言い出したのである。ほかに保護者を探す必要もない。自分で自分を保護すればいい。戦前はそうしていたのだからというわけだ。

しかし、そうなると大きな邪魔となるのは平和憲法である。できるかぎり早くこれを廃棄しなければならない。ただ、差し当たっては、あまりにはっきりと言うわけにもいかないので、集団的自衛体制の確立などという曖昧な言葉を使い始めたのである。

本当は、アメリカに対して、「みかじめ料」の分だけ働かないなら、自分で自分を保護するから、日本から出ていけよと言いたいところなのだが、これをぐっと我慢しているのだ。

しかし、そうなると、元「保護者」としてアメリカも黙っているわけにはいかなくなる。日本がほかの保護者を求めるのもいやだが、自分で自分を保護すると言い出すのはもっと困るからだ。というよりも、アメリカが最も警戒しているのがこれであり、平和憲法を押しつけたのも、日本がこうなることを見越したからなのだ。

そう、世界最大の海洋国家であるアメリカにとって、本質的に内陸国である中国は本当の脅威ではない。一度も海洋覇権を握ったことがないし、また、今後も無限に経済成長が続くわけではないから、アメリカと肩を並べるような海洋国家に成長する可能性は低い。

それに対し、太平洋の覇権を巡ってアメリカと足掛け四年にわたる死闘を繰り返したことのある日本は、その気になりさえすればアメリカと同等の大海洋国家に変身できる潜在能力を持つ。二度とそうならないように平和憲法を押し付けておいたのに、いまや日本はこれを廃棄して、再び海洋国家への道を歩もうとしている。この「いつか来た道」だけは絶対に阻止しなければならない。なんとならば、平和憲法を廃棄した瞬間に、日本は大海洋国家に成長し、アメリカの潜在的敵国ナンバー・ワンに踊り出るだろうから。ひと言でいえば、アメリカは第二次大戦前の悪夢にふたたびうなされ始めているのである。

だから、安倍政権が公約通り「戦後レジームからの脱却」を実現し、平和憲法をかなぐり捨てたとしたら、その時点で、アメリカは戦前のような反日・親中路線を採用することになるだろう。少なくとも、そうした恐怖症に取りつかれた反日・親中党派が大きく台頭することは間違いない。

安倍首相は、アメリカと共闘して中国と戦争できるようにするために平和憲法を廃棄するつもりのようだが、アメリカはまったくそう見ていない。日本はアメリカ「と共に」戦うのではなく、アメリカ「と戦う」ために準備を進めていると疑っているのである。海洋国家としての無意識の恐怖が非常に強いので、安倍首相がいくらその意思はないと宣言しようが、アメリカはこの恐怖に取りつかれ、国家安全保障体制の見直しを開始しているはずである。

この意味で、安倍自民党は、今後、アメリカは日本から出て行けと主張する左翼と同一歩調を取ることになるだろう。第一段階として平和憲法の廃棄、第二段階としてサンフランシスコ講和条約の廃棄。二十一世紀の中ごろには日米再戦の危機が迫っているかもしれないのである。

学問の利益

学問をしても報われないものだ。でも、しなければ、もっと報われない。

極限状況では、金よりも知識のほうが役に立つ

学問をしたほうが得か、しないほうが得かという問題はそう簡単に答えが出る類の問いではない。

まず、何をもって損得の分かれ目とするかがはっきりしない。また、たとえ損得勘定の分岐点を金銭的、物質的な利益というわかりやすい目盛りにするにしても、それが学問の有無とどのような因果関係で結ばれているのか明瞭ではないから、これまたそう簡単には答えは出てこないのである。

しかも、現代においては学問をすることは狭い専門分野に特化するのと同義になっているので問題はより複雑になる。専門が狭いということは、ひとたび専門から外れてしまったら潰しがきかないことを意味するので、学問をしていないのと変わらないからである。

それをよく示しているのがオーバー・ドクター問題である。修士二年・博士三年の課程を終えた上で、さらにポス・ドクという研究員になったとしても大学や研究所に専任の口を得られなければ、それまでに学問に費やした時間と金はほとんど無駄になってしまうのである。

さらにグローバル化が進むことで、別種の問題も浮上してきている。それは日本語のような汎用性の低い言語の国民は、学識を積んでもアクセスできる職業や地位が国内に限られるから、国際言語である英語を母国語とする国民に比べて不利になるということだ。これは、難民や移民のケースにはっきりと表れている。難民・移民に学識があっても、それが自国語の学識であったなら、受け入れ国では肉体労働者となるしかないのである。

とはいえ、まだ、学問というものが専門化を前提にしておらず、グローバル化も進んでいなかったドメスティックな時代には、問題はもっと単純であったようだ。ラ・フォンテーヌの『寓話』の「学問の利益」は学問に汎用性があったこうした古きよき時代の話である。

ある町の二人の市民の間に言い争いが起こった。片や、貧しいが学のある人物。もう片方は、金持ちだが無学な人物。

無学な金持ちが学問のある貧乏人に向かってこう言い放った。

「きみは自分が偉い人間だと思っているようだが、それなら次の質問に答えてもらいたいものだね。まず、きみはいつ客を招待して御馳走しているのかな？

きみやきみのお仲間は常に本を読んでいるが、いったい、それがなんの役に立つというのかね？　きみたちは四階に住んでいる。衣替えの六月にも十二月にも同じ服を着ている。連れて歩く従僕ときたら、影だけだ。

第一、きみのような金を使わない人間を国家が必要としているとは思えないのだがね。社会に必要なのは、贅沢をしてたくさん金をまきちらす人間だけだ。たとえば、わしらはぞんぶんに金を使っている。どれだけ使ったかわからないくらいだ。わしら金持ちが楽しみのために使う金のおかげで、糊口の資を得られる人間というのがじつにたくさんいる。職人、商人、女の衣装をつくる者、それを身につける女。いや、きみたちだってそうだ。きみたちは金持ちたちに書物を捧げて年金をもらっているんだからな」

学問のある貧乏人にとっては無礼千万な言い草だが、経済学的にはこの金持ちの言っていることは極めて正しい。というのも、これこそは経済学者ゾンバルトが『恋愛と贅沢と資本主義』で述べていることであり、ケインズが『雇用、利子および貨幣の一般理論』で公式化したことでもあるからだ。すなわち、消費、さらに言えば浪費が行われないかぎり、経済の血液であるマネーは流通しないので、不景気になったら消費や浪費を奨励する政策を実施して、景気を人為的に回復させるほかないということなのである。

しかし、貧乏人としてはバブル景気というのは実に不愉快極まりないものだ。無学な金持ちが超豪華マンションに住み、一台一億円以上のスーパーカーを乗り回し、銀座や六本木でドンペリを空にしているのを見ると、天を呪いたくなる。いっそ、バブルが大崩壊し、金持ちが自分たちと同じ貧乏人になり下がればいいと願うかもしれない。だが、これは間違った考え方なのだ。なぜなら、貧乏人の願いどおりにバブルが大崩壊すると、真っ先にその影響を被るのは、金持ちではなく貧乏人だからだ。金持ちが消えて、無駄遣いをする人間がいなくなってしまったら、貧乏人はもっと貧乏に、つまり極貧になってしまうからである。

そうなったとき、貧乏人の中でもとくに惨めになるのが学問のある貧乏人である。なぜなら、学問のある貧乏人というのは例外なく自尊心が強いので、学問のない貧乏人よりもはるかに自分が惨めであると感じるからだ。そして、その惨めさはなんとも耐えがたいものなので、世の中間違っていると考え、世直し、つまり革命に走ることになる。

この意味で、学問のある貧乏人こそ社会の混乱要因である。学問のある貧乏人が多い場所、たとえば、明治維新でいったら水戸藩のようなところから革命の狼煙《のろし》は上がると決まっているのである。

だから、バブル崩壊は、潜在的に革命の火付け人である学問のある貧乏人を極貧にしてしまうという意味でとても危険なのである。バブル崩壊だけは避けなければならない。

ラ・フォンテーヌ先生はこのメカニズムを知っていたのだろうか？

というのも、無学な金持ちを罰するのに、バブル崩壊ではなく、戦争をもってきているからである。

すなわち、戦争が起こり、無学な金持ちと学問のある貧乏人が住む町が一挙に破壊された。無学な金持ちも、学問のある貧乏人もいっさいを失い、ともに難民と化して町を去らなければならなくなった。すると、無学な元金持ちには落ち着いていられる場所が見つからなくなった。心理的には金持ちのままなので、自然、態度が横柄になり、どこに行っても嫌われたからである。

いっぽう、学問のある貧乏人は、なぜか、いたるところで歓迎された。ラ・フォンテーヌはその理由を明かしていないが、おそらく、難民の収容所のようなところで、記憶の中にあるいろいろな物語を語ってやったからではないか。あるいは、スターリンとヒトラーの強制収容所の両方に入れられたマルガレーテ・ブーバー＝ノイマンのように、絶望的な状況の中でどう生きていけばいいかを他の人に伝えようとしたのかもしれない。

いずれにしても、金がものを言わなくなった状況では、学問のある貧乏人に人気が集まることになったのである。極限的状況では金よりも知識のほうが役に立つからだ。

そこで、ラ・フォンテーヌは結論する。

「馬鹿者には好きなように言わせておけ。学識にはそれなりの報酬があるのだ」

本当かしら？

今の日本では、博士が得か？　修士が得か？

本当かもしれないが、しかし、学問が「報酬」を得るには戦争のような極限的状況が必要だということは、とりもなおさず、平常時には学問は報われないと言っているに等しい。

そう、ラ・フォンテーヌが本当に言いたかったのはこちらのほうの「不都合な真実」なのである。

学問はよほどのことがない限り報われないものなのである。これは真実だ。

では、学問が報われないのであれば、学問をしないほうが報われるのかといえば、これは真実ではない。

学問をしなければ、学問をしたよりももっと報われなくなる。

それは、高校中退者が高校を卒業した者よりも報われているという事実が存在しないことからも明らかだろう。

というわけで、われわれは次のように消極的な言い方しかできなくなる。

大学に行かないよりは、行ったほうがまし、かも、と。

しかし、大学院についてはどうだろう。

大学院に行くよりは、行かないほうがまし。

博士課程に進学するよりは、修士課程だけで就職したほうがまし、である。

少子高齢化でアカデミズムの就職口は先細りするのが目に見えているからだ。

ただし、グローバル・スタンダードで見た場合にはそうではない。

なぜかと言えば、世界的規模で眺めた場合、少なくともあと半世紀は人口が増え続けるからなのである。高学歴人材の需要はますます大きくなるはずなのである。

言い換えると、日本にいるだけのドメスティク人間なら大学院は行かないほうがいいが、世界で活躍するグローバル人間なら大学院は行っておいたほうがいいということになる。ただし、日本以外の大学院へである。少子高齢化社会の日本社会には、高学歴人材を受け入れる余地はもはやないが、世界規模なら、英語のできる大学院修了者の需要はいくらでもあるということなのだ。

というわけで、学問をする／しないという問題に限ってみても、日本の少子高齢化社会が暗い影を落としていることがわかるだろう。

しからば、文科省が推し進めたがっているように、日本の大学や大学院の「公用語」を英語にして、授業も論文も全部英語に統一したらどうなるのだろう？

世界中から日本の大学に学生が集まってくるだろうか？

あまりにも甘い幻想というほかない。

起こるのは、いわゆるスポイト効果だと思われる。

すなわち、過疎地と人口密集都市を直結する高速道路をつくると、都市人口が過疎地に移動するのではなく、過疎地のわずかな人口もスポイトに吸い上げられるようにして都市に移動してしまう。これがスポイト効果である。

日本の大学をグローバル・スタンダードにして英語を「公用語」にした場合には、そこで育った数少ない優秀な研究者もこの「公用語」を武器にみな、海外の大学や研究施設に職を求めることになるはずだ。日本の劣悪な研究環境に比べたら、海外のほうがいいに決まっているからである。

いまのところ、日本の優秀な研究者が、理科系学部と経済学部を除いて、海外に流出しないですんでいるのは、「日本語」という壁があるからにすぎない。英語で授業したり論文を書いたりする「芸当」が「できない」ので、日本に「しかたなく」いるのである。日本語は頭脳流出の立派な抑止力になっているのだ。

その抑止力を取り除いてしまったとしたら、起こることは火を見るよりも明らかだろう。若くて優秀な人材は全員、海外の大学や研究施設という「メジャー・リーグ」に吸い上げられてしまうに決まっている。その結果、日本のアカデミズムという「マイナー・リーグ」に残るのは英語ができないか、あるいはそれほど優秀ではない二流の人材だけになるだろう。プロ野球で起こったことは確実にアカデミズムでも繰り返されるに違いない。

❖スキティアの哲人❖

人々は改革を進め、改革と称して、大切なものを取り去り、生きることとすらやめさせようとする。

享保の改革も寛政の改革も天保の改革も、アベノミクスも……

改革とか改新・改正とかと呼ばれるもので成功したものが果たしてあっただろうか？

古くは「大化改新」から始まって、「享保の改革」「寛政の改革」「天保の改革」という江戸三大改革を経て、戦前の革新官僚による「統制経済」、戦後の中曽根内閣の「行政改革」「小泉改革」、さらには現在進行中の「アベノミクス」に至るというように、日本の歴史の中で改新、改革、改正など「改」のつく熟語は日本人をおおいに喜ばせたようだが、その実、これら改新、改革、改正などで大成功と呼べるようなものは一つもなかったことは記憶さるべきである。つまり、改新、改革、改正などを行ったことで、ガタが来ていた体制がリフレッシュされ、すっかり元気になって末長く続いたということは一度もないと歴史は教えているのだ。

ほとんどの場合、改革されたことでプラスされたものより、それによって失われたもののほうがはるかに大きく、結局、体制の全面的崩壊にストップをかけることができなかったばかりか、むしろ瓦解を速める結果になってしまったケースのほうが多いのである。成果があったのは、体制が自壊して社会構造が壊れてしまったあとに行われた「明治維新」と「GHQの改革」だが、これとて、改められたことと失われたことを秤にかけたら、どちらが大きかったかはにわかに判断がつきかねる。

ラ・フォンテーヌは「スキティアの哲人」で、こうした改革の愚かさを次のように寓話化している。

スキティアに、自らに厳しく生きてきた哲人がいた。安らかな人生を歩むには勉強が第一と、あるときギリシャ人の国に旅をした。すると、ヴェルギリウスの『農事詩』の第四巻に見るような、王者にも等しい、神々に近いような賢者と出会った。

その賢者は、素晴らしく手入れされた庭園に満ち足りて暮らしていた。スキティアの哲人は、賢者が植木鋏を手にして庭の果樹を剪定しているのを見て不思議に思い、何のためにそんなことをするのかと尋ねた。無駄に果樹を傷つけているように思えたからだ。

すると、賢者は「わたしは余計なものを取り除いているだけだ。これにより、残ったものが利益を受けるのだ」と答えた。

スキティアの哲人はこの言葉にひどく感心し、自分の国に戻ると、さっそく同じことに取り掛かった。植木鋏を手にして、片端から植物を切り始め、友人たちにも同じようにするように勧めた。時期も季節も考慮せず、月の満ち欠けも調べもせずに、無茶苦茶に枝を切り落とした。その結果、哀れ、見事な果樹園は丸裸になってしまった。

ラ・フォンテーヌはこの寓話を、よい情念も悪い情念も区別せず、罪のない願望まで捨て去るように説くストア派の哲学者にたとえて、こう教訓を述べる。

「彼らはわたしたちの心から大切な力を取り去ってしまう。彼らは人が死ぬ前に生きることをやめさせる」

「改革」には、慎重な上にも慎重なのが真の保守主義だ

改革というのは、このスキティアの哲人の自己流剪定によく似ている。すなわち、どこかほかの国でうまくいっている（ように見える）改革を是非自分の国でも実行したいと考え、自他の違いや自国の環境やメンタリティなどを一切考慮せずにこれを断行した結果、前より悪くなるどころか、破滅的な結果をもたらすことになるのである。

わかりやすい例でいえば、わが国の規制緩和。イギリスのサッチャリズム、アメリカのレーガノミクスの真似をして、規制をはずし、自由競争と市場原理に任せれば、「神

の見えざる手」が働いて「最善」が実現するということだったが、その結果はどうだったか？

まず前提となるメンタリティの違いが無視されたことが大きい。英米においては、企業が破産したり、労働者が失職したりすることはかならずしも悪いこととは考えられていない。破産したり失職したりすることはゲームに負けるのと同じで、敗者はいくらでもネクスト・チャンスに賭けることができる。シリコンバレーで成功した起業家で一度も破産したことのない者は皆無に近いし、クビになった経験のないビジネスマンもほとんどいない。みな失敗に学ぶのは当たり前と思っている。株式会社というものはそのためにある。株式会社はアイディアだけで他人の金をかき集め、起業家も出資者も有限責任でリスク・テイクすることを可能にする制度なのだ。倒産しても、個人の資産まで奪われることはない。

また、従業員は自分の労働の価値はそれに正確に見合った給与によって評価されると考えるから、自己評価と給与が合わないと感じれば平気で転職する。また、失職しても平気である。それゆえに、資本と労働力は再配分が容易で、会社も離合集散が繰り返され、弱肉強食の原理に従って再編されてゆくのである。

それに対して、日本の株式会社は、起こすものではなく、そこに「入る」ためのものであり、先祖代々受け継がれてきた「藩」のイメージに近い。経営者が会社を倒産させたり、従業員がクビになることは、単に運がなかったり経験不足だったからとは解釈されず、道義的な欠陥があったためと見なされる。よって、倒産した社長や、馘首《かくしゅ》された従業員には「失格者」の烙印が押され、ネクスト・チャンスはない。日本の会社では経営者も従業員も原則的に「無限責任」なのであり、敗者には象徴的なハラキリが要求され、許されるのは下降スパイラルを滑り落ちてゆくことだけである。

このようなメンタリティの社会に、英米的な市場原理や自由競争を導入したらどうなるかは、やる前からわかっていると思うのだが、為政者はそうは思わなかったようだ。岩盤規制をぶち破れば、経済は活性化すると言って第三の矢を放つと言い続けているのだから。そのくせ、政治的・社会的には非常に復古的で、戦前の「美しい日本」を蘇らせようと主張している。経済は弱肉強食のアニマル・スピリッツ、政治・社会は戦前的大家族のモラリティ、そんな頭と体で命令系統が違うような合成体をつくれるわけがない。結果は、スキティアのまねっこ剪定師よろしく、年功序列や終身雇用といった「立派な枝」を岩盤規制と名付けてすべて切り落としてしまい、見事な庭園を丸裸にするのが関の山だろう。

改革は悪いほうに転ぶのが常なのだから、こうしたことは慎重にというのが真の保守主義ではないだろうか？

❖裁判官と病院長と隠者❖

すべての道がローマにたどり着くように、自分自身を知ること、学ぶことに行き着くのだ。

自分を知ること、学ぶこと。これが神が命じた責務だ

「すべての道はローマに通じる」という格言はだれでも知っているが、それがラ・フォンテーヌの『寓話』の最後に置かれた「裁判官と病院長と隠者」から来ていることを

知る人はほとんどいない。ましてや、どんな文脈で使われていたかを知る人は皆無に近いだろう。というわけで、この連載エッセイの最後に「すべての道はローマに通じる」の起源を示しておくことにしよう。

ひとしく魂の救済にあこがれ、清らかに生きることを決意した三人の友がいた。彼らは、同じ動機から出発したが、それぞれ異なる道を辿ることにした。すべての道はローマに通じるのだから、どの道を取っても、結局、最後は同じ目標に到達できると考えたのである。

一人は、いつの世にも絶えない訴訟沙汰につきものの煩わしさや障害から人々を救ってやろうと考え、いっさい報酬を受け取らずに、裁判官を引き受けることにした。なにしろ、人生の半ばどころか、四分の三を訴訟にすごす人もいるのだから、そういう愚かな努力を省略できたらどんなにいいだろうと思い、自分が調停人になってやろうと考えたのだ。

もう一人は天職として医者を選び、病院長となった。たしかに、病人の苦しみを和らげることは、慈悲深い行いであり、称賛さるべき行為である。だが、こらえ性がなく、不機嫌な病人たちは病院長に対して不満を漏らした。「あの人は、だれそれに特別に気を配っている。絶対、あの患者の知り合いなんだ。わたしのことは放っておくくせに」と。病院長は不公平をなじられ、非難された。

しかし、病院長が出会ったこうした不幸も、裁判官の陥った困惑に比べれば物の数ではなかった。というのも、裁判官の出した裁定に一人として満足するものはいなかったからである。被告にとっても原告にとっても、裁判官は不公正であり、相手をえこ贔屓し、公正な裁きを下していないということになる。

この評判を聞いてガックリした裁判官は友である病院長に会いに出掛け、おおいに愚痴をこぼし合った。そして、これだけ誠心誠意尽くしているのにみんなから文句を言われるのは割に合わないと結論し、仕事をやめようということになった。

それと同時に、もう一人の友のことを思い出した。

この友は、二人とは別の道を歩み、いまでは奥深い森の隠者となっていた。峨々たる山並みを越え、清らかな泉の近くに行くと、隠者は太陽も知らないようなその場所に庵を開いていた。二人の友は、久しぶりに再会したその旧友に意見を求めた。

すると隠者はこう語った。

「いったい、この世のだれが、きみたちよりもよくきみたち自身のことを知っているだろうか？　自分のことは自分で決めるべきだ。自分を知ること、学ぶこと、これこそが至高の神がすべての人間に命じている第一の責務だろう。しかし、人が大勢いるところで、自分を知ることが果たしてできるだろうか？　人間というのは、静けさに満ちたところでしか、自分を知ることはできないものだ。泉の水を撹《か》き濁してみたまえ。水面にきみたち自身を映すことができるだろうか？」

二人の友は言うとおりにした。水底から浮き上がった泥が水を濁し、水面は鏡ではなくなった。隠者は続けて言った。

「友よ、水が濁らぬようにすることだ。そうすればきみたち自身の姿が映る。もっとよく自分を見据えるために、人気《ひとけ》のないところにとどまりたまえ」

二人の友は隠者の言葉に従った。

結びの教訓――自分自身を知れ！

この寓話からラ・フォンテーヌが引き出した教訓は次のようなものである。

「人は訴訟を起こし、病気になるのだから、裁判官や医者が必要でないとはいわない。しかし、幸いなことに、そうした人材に事欠くことはない。名誉や金を求めて、人々は次から次へとそうした職業に就きたがるだろうから。

しかし、こうした人たちは、社会一般の必要にかまけて、肝心の自分自身について考えることを忘れてしまっている。

同じことが国家の運営に携わる為政者、国王、大臣たちについてもいえる。

彼らはみな、あまたの忌まわしい事件に忙殺された結果、不幸に打ち砕かれるか、あるいは逆に幸福に毒されてしまっている。

そのために、自分自身のことがわからなくなっているのだ。いわんや、他者については何も知らない。

何かの機会に自分自身のことを考えるかもしれないが、しかし、追従者のおかげで、その機会も奪われてしまうだろう。

来るべき時代のために、この教訓をこの書物の結びとしたい。わたしはこれを王に捧げる、賢人たちに勧める。自分自身を知れ、と」

＊

さて、これで、ラ・フォンテーヌの『寓話』も最後となった。

ページ数の関係で、すべての寓話を取り上げることはできなかったが、主要な寓話はほぼ網羅しつくしたかと思う。

人間が自分自身を知るために心の中の最も深いところまで測鉛を降ろした十七世紀フランス・モラリスト文学。

この連載を通じて、その輝かしい華であるラ・フォンテーヌの『寓話』のエッセンスを二十一世紀の日本人に届けることができたかどうかいささか心もとないが、少なくともその端緒くらいは開けたのではないかと自負している。

ラ・フォンテーヌの名が日本でも人口に膾炙することを祈って筆を擱《お》く。（完）

DES FABLES

あとがき

本書は、清流出版のホームページに連載された「『悪知恵』のすすめ　第2弾」を纏めて一巻としたものである。そのさい、アウト・オブ・デイトになったエッセイ、およびなりそうなエッセイ（たとえば、共和党の大統領候補となったトランプ氏に対する考察）など八章分を割愛した。

その結果、読みやすい、スッキリとした一冊に仕上がったと自負している。

また、ラ・フォンテーヌの『寓話』との関係でいえば、前著『「悪知恵」のすすめ』が、その前半に依拠していたのに対し、本書は後半の寓話を主に使用していることをお断りしておく。

本書と合わせて、前著もお読みいただければ、ラ・フォンテーヌの『寓話』の主なものをすべてフォローできることになる。

寓話はラ・フォンテーヌも述べているように、会話や演説などでおおいに役に立つ。活用していただければこんなにうれしいことはない。

連載時には清流出版社長の藤木健太郎氏に、また書籍化に当たっては古満温氏にお世話いただいた。最後にこの場を借りて、感謝の言葉をお伝えしたい。

二〇一六年一〇月二一日

鹿島　茂

ジャン・ド・ラ・フォンテーヌ（Jean de la Fontaine）

一六二一〜一六九五年。フランスの詩人。イソップ物語をもとにした寓話で知られる。主な作品に『北風と太陽』『うさぎとかめ』『ライオンとネズミ』などがある。邦訳本に『ラ・フォンテーヌ 寓話〈上下巻〉』今野一雄訳（岩波文庫）ほか。「すべての道はローマに通ず」「火中の栗を拾う」など寓話から出た名言も多い。

鹿島　茂（かしま・しげる）

一九四九年、神奈川県生まれ。仏文学者。明治大学教授。東京大学大学院修了。専門は一九世紀のフランス文学。平成三年『馬車が買いたい！』（白水社）でサントリー学芸賞、同八年、『子供より古書が大事と思いたい』（青土社）で講談社エッセイ賞、一一年、『職業別パリ風俗』（白水社）で読売文学賞、一六年、『成功する読書日記』（毎日新聞社）で毎日書評賞を受賞。その他の著書に『フランス文学は役に立つ』（ＮＨＫ出版）、『神田村通信』、『悪知恵のすすめ』（弊社刊）、『ドーダの人、小林秀雄』、『ドーダの人、森鷗外』（朝日新聞出版）など多数。

Twitter : @office_kashima
Facebook : https://www.facebook.com/office.kashima

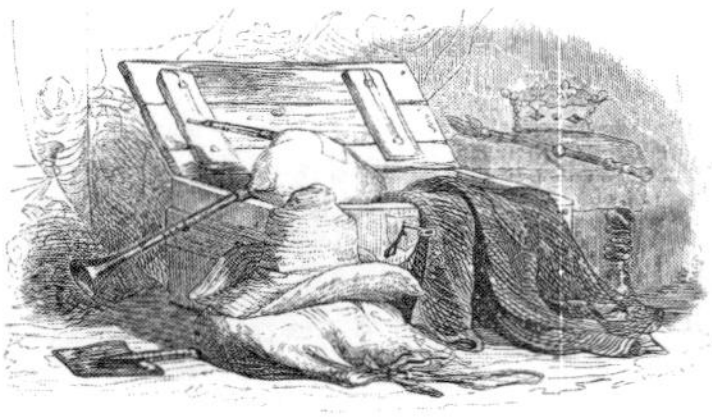

「悪知恵」の逆襲
毒か？薬か？ラ・フォンテーヌの寓話

2016年11月29日発行［初版第1刷発行］

著者……………鹿島 茂

発行者……………藤木健太郎
発行所……………清流出版株式会社
東京都千代田区神田神保町 3-7-1 〒 101-0051
電話 03（3288）5405
（編集担当　古満 温）

印刷・製本………大日本印刷株式会社

乱丁・落丁本はお取り替え致します。
ISBN978-4-86029-455-7
http://www.seiryupub.co.jp/